착한 사람들을 위한 위로

강목어 지음

KB072317

착한 사람들의 위로

초판 인쇄 2023년 1월 11일
초판 발행 2023년 1월 15일

지은이 강목어
펴낸이 김태헌
펴낸곳 스타파이브

주소 경기도 고양시 일산서구 대산로 53
출판등록 2021년 3월 11일 제2021-000062호
전화 031-911-3416
팩스 031-911-3417
전자우편 starfive7@nate.com

엄혹한 현실, '용기' 보다는
'눈물'이 필요한 당신에게...

혹독한 시련의 시기를 맞고 있기에 '용기' 보다는 '눈물'이 필요한 당신에게 저는 말 합니다.

힘들고 지칠 때에는 억지로 어려움을 참으며 계속 버티기 보다는..
울고 싶을 때는 차라리 실컷 울고 나면 후련해져서 다시 시작할 힘을 얻듯이..
어렵고 힘든 현실을 솔직히 인정하며 눈물 펑펑 흘리도록 아픈 맘 그대로를 내버려 두고..
눈물이 멈추면 그때 자기 자신을 꼬옥 안고 일으켜 세우는 것이 옳다고 믿습니다.

그냥 우세요, 더 우세요..
그래야 마음이 풀어집니다. 그래야 다시 시작할 수 있습니다.
아니, 한참을 다시 시작하지 않아도 좋습니다.
당분간 그냥 그대로 있어도 괜찮습니다.

당신도 충분히 열심히 살았다는 것을 알고 있으니..

당신도 충분히 아름답게 살았다는 것을 알고 있으니..

그러면 현재의 아픔을 또 다른 아픔으로 위로 받게 되고..
그 아픔을 딛고 스스로 일어서게.. 될 것입니다.

저 역시 그 눈물의 의미를 충분히 공감하기에..
울고 싶은 당신에게 제가 함께 울어 드리겠습니다.

그러나 아무리 우시더라도.. 행복을 포기하지는 마세요.
당신은 끝내 행복하게 살아야하는 이유가 있습니다.
당신은 비록 모를지라도..
분명 당신을 사랑하는 사람이... 낭신 때문에 그 삶을 지키는 그 사
람이 있습니다..

당신을 사랑하는 그 사람이 아직도 당신을 믿고 기다립니다.
당신이 다시 일어설 것이라고.. 그렇게 믿으니까요.

그렇습니다.
당신은 단지 휴식이 필요 한 것 입니다.. 위로가 필요한 것 입니다..
당신이란 존재가 아직 인정받고 있음을 느끼고 싶은 것입니다..
사랑 받고 있다는 것을 확인 받았으면 하는 것입니다.

때로는 울어도 됩니다. 마음껏 울고 다시 시작 하면 됩니다.

'용기' 보다는 '눈물'이 필요한 당신..

당신의 그 '눈물'은 그 어떤 꽃보다 순수하고 아름답기에..

더더욱 그렇게 울어도 됩니다...

가슴으로.. 마음으로...

★☆★☆

　갈수록 생존경쟁이 치열해져가는 힘든 현실이고 지독히 어려운 상황의 연속이기에 말 그대로 엄혹한 시대입니다.

　그래서 사람들은 말합니다. 어려운 상황일수록 용기가 되는 말을 해주고 도전할 수 있는 동기 부여가 되는 이야기가 필요 하다고...

　최근까지도 각종 언론이나, 책, 강연회를 통해서 좀 더 자신감을 갖고, 용기와 도전으로, 창조와 개척 정신으로 억지로라도 견뎌내고 이겨내라는 말을 흔히 듣게 됩니다.

　하지만 이상하게도 이겨내는 사람보다는 힘들다고 하는 사람이 점점 늘어나고 있습니다. 지쳐서 주저앉거나 힘들다고 쓰러지는 사람이 많아지고 있습니다.

　그런 모습을 두고 노력이 부족하니 더 간절히 노력을 해야 한다거나.. 과거에는 더 힘들었는데 이정도가 뭐가 힘들다고 약한 소리를 하느냐고도 합니다.

심지어는 이만큼이라도 먹고 사는 것도 다 고생 했던 덕분이니 고생을 피하지 말고 가혹한 현실 따위는 노력과 열정으로 이겨내라 합니다.

그런데 이젠 그런 노력이나 열정의 선을 넘어 버린 것 같습니다. 의지의 문제가 아니라 사회 구조적 문제가 되어버려 이것을 개인의 능력이나 노력의 문제로만 돌릴 수 없는 상황이 된 듯 합니다.

이런 엄혹한 시대에 사회 현실은 외면하면서도 '사랑'과 '착함'과 '행복'과 '감성'을 말하면 위선이라고 지적 할 수도 있습니다.

하지만 이미 그런 힘든 현실과 사회적 문제는 충분히 알고 있고.. 다른 여러 매체들을 통해 듣는 치열한 경쟁 상황과 억울하고 가슴 아픈 이야기들을 너무도 많이 접하기에 이제는 지칠만큼 지쳐있다고..
오히려 그런 각종 사회 문제로 상처 받은 마음을 위로 받고, 힘든 영혼이 잠시 쉬고 머무를 곳이 필요 하다고...
부담 없는 위로와 공감으로 포근한 쉼터 같은 글에서 위로 받는다는 사람들도 있다고 말하고 싶습니다.

그렇기에 제 글은 슬프고 아프고 힘겨운 것을 숨기지 않으려 합니다.

아픔과 힘겨움을 인정하고 거기서 후련하게 울고 나면 다시 힘을 얻을 거라 생각하기 때문 입니다.

정말 지치고 힘든 사람에게 또 용기를 내고 도전 하라 말하는 것은..
격려나 믿음이 아니라 큰 부담이고 혹독한 압박으로 느껴질 수 있습니다.
너무 지치고 힘들어 쓰러질 지경인데 더 이상 어떻게 힘을 내란 말입니까.
세상이 외롭다는 건 그렇게 힘든데도 또 힘내서 다시 도전 하라고 내몬다는 것입니다.

지금 정말 힘든 사람에게 필요한 건 단지 따스한 포옹입니다.
그냥 안아만 주면 됩니다.
그냥 포근한 사랑만이 필요할 뿐입니다. 안아주는 사랑만이 위로가 될 뿐입니다.
먼 후일에도 그런 포근한 사랑만이 기억될 뿐입니다.

그냥 믿어주고 기다려 주는 마음.
스스로 일어설 때까지 기다려주는 그런 너그러움.
저도 아팠을 때 그런 사랑이 진정한 격려였고 위로였습니다.

모든 상처가 시간이 지나면 아물듯이 지금의 아픈 상처도 아물게 될 것입니다.

그러면 그때 떠올릴 것입니다.

그렇게 따스하게 안아주던 사랑이 얼마나 소중했는지...

그렇게 가만히 믿어주고 등 쓰다듬어주던 위로가 얼마나 고마웠는
지..

아픈 사람에게 필요한 진정한 사랑과 위로는 바로 그런 의미인 것
같습니다.

그러니 용기를 가지라고 말하기보다는 울고 싶은 사람과 함께 울어
주는 그 마음..

울고 있는 그 사람을 어루만져 주며 기다려주는 그 마음..

그래서 하염없이 울고 있는 그 마음을 가만히 감싸 안아주려 합니
다.

그렇게 포근히 안아주고 토닥토닥 등 두드려 주며 함께하려 합니다.

차례 CONTENTS

시작하며 : 엄혹한 현실, '용기' 보다는 '눈물'이 필요한 당신에게 _ 3

첫 번째 이야기 **그냥 그대로도 괜찮습니다**
- '머무름'에서의 시작.. '슬픔'으로부터의 힘..

착한 사람들을 위한 위로 _ 14
'어른'이 되어버린 '어른 아이'에게 _ 19
성공할 가능성이 부족해 내 꿈을 망설이는 당신에게 _ 27
홀로 서는 당신, 다시 시작하는 당신을 위한 기도 _ 36
아직도 외로움에 잠 못 드는 '어른 울보' 당신에게 _ 45
이유를 알 수 없는 '습관 같은 슬픔'을 가진 사람 _ 52
아파하고만 있기에는 우리 삶이 너무 소중하지 않은가 _ 60
약초의 효능과 사람의 인생에 대해 _ 65
이것만으로 만족할 수는 없지만 이것으로도 만족 합니다 _ 70
아직도 여전히 기다리고 있는 내 인생의 별 _ 73

두 번째 이야기 **그래도 당신이 좋습니다**
- 여전히 이런 그 사람이 더 좋습니다..

그래도 사랑이 먼저 입니다. 결국 삶은 사랑 입니다 _ 82
홀씨를 떠나보내는 '들꽃'처럼 살아가지만 _ 86
이런 그 사람이 더 좋습니다 _ 91
'미운 오리새끼'의 친구가 되어준 당신에게 _ 96
인생과 사랑을 가르쳐준 '바보 형' 이야기 _ 108
개구쟁이처럼 살고 싶고, 개구쟁이 짓을 나누고 싶은 건 _ 131

여전히 '푼수'로 살아가는 이유 _ 136

그렇습니다. 그래도 당신을 좋아합니다 _ 145

줄 수 있는 것을 가졌기에 삶은 아름답습니다 _ 150

'사막의 꽃' 같은 그 사람이 고맙습니다 _ 157

세 번째 이야기 이제 나에게로 걷습니다
- '나'에게 가장 소중한 '나'를 찾아가는 길..

밥만 먹고 살다가기에는 삶은 너무 아름답지 않은가 _ 162

그래, 걷는다. 그렇게 나에게로 돌아오며 걷는다 _ 165

'어설픈 감성주의자'의 고백을 담은 편지 _ 168

사랑하는 '나'의 '나'는 잘 있느냐 _ 172

늑대가 밤이면 언덕에서 달 보며 우는 까닭 _ 175

그냥 자기 길을 기는 간다는 것의 의미 _ 181

이제 스스로를 당당하고 자랑스럽게 인정하면 됩니다 _ 186

세상에 지는 것이 아니라, 더러운 것들을 버렸을 뿐 _ 190

네 번째 이야기 그래도 우리 삶은 너무 소중하지 않은가
- '인생 여행' 그래도 행복해야만 하는 건..

아직 살아남은 평범한 그 삶도 위대 합니다 _ 202

행복은 거기 그대로 남아 있습니다 _ 208

매일 즐겁기만 하다고 행복한 인생인가 _ 214

'인생 여행' 그래도 포기하지 않는 이유 _ 219

그래도 행복할 수 밖에 없는 건 _ 224

먼저 손 내밀면 함께하게 될 축복 _ 228

어느 '야생화' 그녀의 사랑 이야기 _ 232

"아주 은밀한 거래" - 당신의 '양심'을 최고의 가격으로 산다면 _ 241

다섯 번째 이야기 아직 당신을 기다립니다
- 이제야, 당신의 사랑을 알게 되었습니다

'울지 않는 파랑새'에 대해 _ 262

작은 화분'처럼 당신을 기다립니다 _ 265

사랑의 상처, 당신 삶에 주어진 아름다운 사랑의 증거 _ 269

사랑 중독, 그래도 오히려 당신이기에 고맙습니다 _ 272

그대, 나의 '바다'.. 나의 바다, '그대' _ 277

이제야, 당신의 사랑을 알게 되었습니다 _ 282

그냥 '안개' 때문이라고만... _ 286

당신의 보라색이 여전히 쓸쓸한 이유 _ 291

나를 잠들게 했던 당신.. 그래서 잠 못들게 하는 당신 _ 296

한번만 더 나를 안고 함께 울어 줘... _ 302

당신에 대한 나의 사랑은 옳았습니다 _ 310

덧붙이는 글 : 쓴다는 것, 산다는 것, 사랑한다는 것... _ 313

　　　　　1. 쓴다는 것.. "목어木魚의 울림처럼 그렇게 쓴다." _ 313

　　　　　2. 산다는 것.. "살아감이 좋은 이유들" _ 318

　　　　　3. 사랑한다는 것.. "사랑, 그 이상의 진리는 없다." _ 321

ONTENTS

그래도 당신이 좋습니다

그냥 그대로도 괜찮습니다

'머무름'에서의 시작.. '슬픔'으로부터의 힘

착한 사람들을 위한 위로

착하게 사는 사람들만이 느낄 수 있는 아픔이 있습니다.

그렇습니다. 착한사람이 여린 마음에 누군가 힘든 사람에게 선뜻 사랑을 나눠줘도..

받기에만 익숙한 사람들은 그것을 고마워하기보다는 당연하다 생각 합니다.

그래서 오히려 자기가 그토록 힘든네 제대로 안 챙겨줬다고 서운해 합니다.

정말 억울한 일이지만 바로 이런 것이 착한 사람들의 세상 살기입니다.

그리고 정작 본인이 힘들어지면 세상에 아무 말하지 않거나 외면 받고 혼자 견뎌가는 것이 착한 사람들이기도 합니다.

정말 그리도 야속한 것이 세상살이라지만.. '사람들이 최소한의 양심은 있어야지, 당신들은 언제 내 아픔을 단 한번이라도 생각해 본적 있느냐.. 힘들다는 내색 안하고 혼자 감내하는 내 마음이 얼마나 힘든지 아느냐.'라며.. 따지고 싶고, 소리치고 싶은 맘은 굴뚝같아도..

또 아무 말 하지 않고 결국 혼자 삼키며 뒤돌아 옵니다.

그렇기에 주위 많은 사람들이 착한사람을 만만히 봅니다.

마치, 엄한 선생님이 계실 때는 아무 말 않고 조용하던 학생들이..

착한 선생님이 오시면 와자지껄 떠드는 것처럼...

냉정한 사람에게는 조심스럽고 너그러운 사람들이 착한 사람에게는 무뢰한 일을 서슴없이 합니다.

인생이 참 외롭다는건 이럴 때 느껴지는 감정입니다.

착하면 착할수록.. 순박하면 순박할수록.. 인간적이면 인간적일수록..

인정받기 보다는 무시받는 세상..

착한 약자 보다 악한 강자를 더 좋아 하는 것이 세상..

자기 자신이 강하거나 자신만만할 때는 사람들이 좋아해주지만..

약해지거나 힘들어지면 외면 받는 세상..

그래서 아픔을 솔직히 말하면 위로 받기보다는 세상에 약점 잡히고 만만히 보여 더더욱 사람들에게서 멀어지는 세상..

그렇기에 아무리 힘든 일이 있어도 가식적으로라도 강한 척 하는 세상..

아무리 먹고사는 것이 각박하고 세상살이가 냉정하다 해도 정말 너무 합니다.

그렇게 진실 보다 거짓과 위선을 좋아하기에 착한 사람들에게는 더더욱 가혹하고 야속 합니다.

이미 그런 것이 세상인줄 알고 있지만..

좀 더 편하게 살려고, 좀 더 실속을 챙기며 살려고.. 냉정하게 살아갈 수도 있지만..

차마 그러지 못하고 착하게 삽니다.

오히려 남들이 만만히 보면.. 내가 잘못 한 건 아닐까 라며.. 또 그렇게 착하게 삽니다.

그렇게 손해를 보며 돈 보다 사람을 택했지만.. 돈도 잃고 사람도 잃을 때도 있습니다.

그럴때면 착하게 산다는 것의 슬픔이거나 회의가 들기도 합니다.

그래 세상에 내 편이 어디 있느냐.. 결국 다 내 잘못이지..

이런 자책을 하기도 하면서 착한 마음을 버리지는 못합니다.

이것이 착하게 산다는 것의 아픔과 힘겨움 입니다.

그래도 지나보면.. 결국 착한 사람이 옳다는 것을 믿기 때문에..

손해 보고 살고, 마음 약한 사람으로 살아가지만..

삶을 착하게 산다는 건 그렇게 외롭고 힘든 것입니다.

착한 당신은 이렇게 마음속으로 눈물을 흘리고 있을 때도 있을 것입니다.

"산다는 건 왜 그리 아프냐..

속고.. 또 속고 또 속지만.. 그래도 또 믿고 그러고 사는데..

사람을 그리도 믿는데.. 그래도 왜 이리 아프더냐..

늘 착한 마음을 이용만하고 버리는 세상.. 왜 그리 아프더냐..."

16

이처럼 마음 속으로는 힘들어도 스스로 감내하며.. 눈물 대신 웃음 짓고 있는 착한 당신..

'천도는 공평무사하여 언제나 착한 사람에 편에 선다'고 말하지만, 나는 감히 의심하노라.. 과연 천도라는 것이 있는가, 없는가? (或日: '天道無親, 常與善人' … 子甚惑焉, 祺所謂天道, 是邪非邪?) - '사마천'의 '사기'중에서.."

수천년전의 천재도 그렇게 세상을 한탄 했지만..

그래도 여전히 또 그렇게 착하게 살아가는 당신..

하지만 그렇게 살아가는 것이 착한 인생이기에..

이제 나는 착한 당신에게 말합니다.

남을 아프게 하기보다는 오히려 내 스스로가 아픔을 택한 착한 사람, 당신..

그래도 착한 당신은 누구를 아프게 하거나 힘들게 하지 않잖아요..

이미 당신이 그 '착함'으로 인해 얼마나 힘들어 하는지 충분히 알고 있습니다.

하지만 당신은 그 '착함'으로 세상의 행복을 만드는 사람입니다.

당신은 비록 힘들지라도 당신은 언제나 주변 사람들을 행복하게 만드는 사람인 것입니다.

그것이 바로 착한 당신이 소중한 이유 입니다.

당신은 모르실수도 있지만..

분명 누군가는 착한 당신 때문에, 당신 덕분에, 당신이 있어서.. 그로 인해 살아가고 있습니다.

당신의 삶이 그래서 아름답고 소중 합니다.

비록 이것으로는 아픔이 위로가 될 수 없겠지만.. 이것으로 당신의 힘겨움이 보상 될 수 없겠지만..

그래도 결국 그 '착함'을 포기하지 않고 좋은 사람으로 살아갈 착한 당신..

하지만 이것만은 분명 알아 두세요.

지금껏 세상 사람들을 행복하게 만든 건..

그 어떤 대단한 능력들 보다 오히려 당신의 그런 순수하고 착한 마음이었습니다.

그래서 세상을 살며 내가 믿는 것은 이념이나 철학, 종교 같이 거창한 것들이 아니라..

이 세상 그 어떤 위대한 사상이나 교리보다 더 소중한 가치는 '인간에 대한 연민', 바로 '착한 마음'이라고 믿습니다.

인류 역사이래 그런 순수하고 착한 마음이 그 어떤 사상, 교리, 이념보다 오히려 더 실질적으로 사람들에게 도움이 되고 행복과 위로를 주었다고 믿기에 더더욱...

'어른'이 되어버린 '어른 아이'에게...

이미 저도 알고 있습니다. 당신이 나이로는 '어른'이 되었지만... 가슴 속은 '어른 아이'로 예전 젊은 시절 그대로 성장이 멈춰 있다는 것을... 당신 마음은 여전히 어리지만 세상은 당신에게 어른으로의 모습만을 기대 한다는 것을...

그래서 젊은 시절의 그 감정은 모두 숨기고 단지 '어른'인척만 하고 있다는 것을...

하지만 그것 때문에 답답한 마음을 호소하지도 위로 받기도 어렵다는 것을...

그렇지만 사실은 '어른 아이' 당신도 외롭고 아프고 힘들고 위로 받고 싶다는 것을..

그동안 살아남기 위해.. 먹고 살아야 하기에..

오랫동안 일개미처럼, 꿀벌처럼 아주 열심히 일했던 당신.

하지만 그때마다 이상한 일이 터지며 개미집에 소나기가 쏟아져 개미집이 무너지거나..

누군가 벌통을 걷어차 꿀통이 박살나기도 했지요.

유난히 당신에게만 가혹한 것 같은 세상살이..

아무리 열심히 노력해도 번번이 실패 했고.. 아무리 착하게 살아도 세상은 매정하게만 대했지요..

정말 열심히 일했는데 남은 것은 빈손에.. 미래가 보이지 않는 막막한 현실뿐..

그런 일이 생길 때 마다 마음 속으로..

"어차피 내 것이 어디 있었던가.. 애초부터 빈손으로 태어나 빈손으로 사라지는 운명..

내 것 아닌 것들을 억지로 움켜지려 했던게 욕심이었지..

운명에 없는 부귀를 탐하지 마라.. 결국 빈손인 것이 인생인 거다..

그냥 내려 놓아버리면 편한 것을.. 왜 그리 애절하게 잡으려고 몸부림 쳤던가..

그런 미련 따위는 술 한잔에 담아 삼켜 버리고 다 잊어버려야지..

그래야 맘이라도 편하지.."

아무리 이렇게 마음을 먹고 스스로를 위로해 봐도..

결국 나에게 보이는 건 처량한 내 자신의 빈손뿐..

그래서 지난 시간을 떠올려봐야..

사랑 받은 추억은 둘째치고 즐거웠던 기억조차 드문 사람..

즐거웠던 기억이라고 해봐야..

고작 함께 라면을 끓여 먹으며 새벽까지 오손도손 이야기를 나누었던 겨울밤의 훈훈한 사연 정도..

첫 번째 이야기 : 그냥 그대로도 괜찮습니다.

또 그래서 마음 속 기본 감성이 삶의 기쁨 보다는.. 슬픔이 훨씬 더 많이 배여 있는 사람..

그나마 힘든 마음 의지할 유일한 사람마저 세상에서 빼앗아가 먼 길 떠나게 만들었지요..

주위를 돌아보면 나 보다 수월하게들 맘 편히들 잘살고.. 제법 성공들도 쉽게 하는데..

왜 나만 이런 건지 도무지 이해가 되지 않기에...

아무리 위로하고 위로해도 허전한 마음을 지울 수 없는 것이 상처 많은 '어른 아이'의 삶..

그래서 그 외로움과 허전함을 달래려.. 주위를 둘러봐도 만날 사람은 마땅히 떠오르지 않고..

휴대폰에 전화번호가 수천개 저장 되어 있어도.. 막상 맘 편히 누를 사람이 선뜻 떠오르지 않는 '어른 아이' 당신..

정말 부족하고 부끄러운 내 속마음을 나누고 위로 받을 사람은 많지 않기에..

함부로 내 약한 모습을 보여서는 안 되기에.. 그러면 또 세상이 나를 더더욱 약하게만 볼 것 같아서...

결국 얼굴을 보이지 않아도.. 굳이 신분과 직업을 밝히지 않아도.. 반드시 재산이 많거나 성공하지 않아도..

자신을 가리고 대화를 할 수 있는 인터넷 커뮤니티 SNS에서 위로를 받으려는 '어른 아이' 당신..

　그래서인지 각종 인터넷 커뮤니티에는 새벽까지 깨어 있는 사람이 많지만..
　그래도 선뜻 말 걸기는 쉽지가 않습니다.

　다들 외롭기 때문에.. 위로 받고 싶어서.. 그 무슨 대화라도 하고 싶어서.. 밤을 지새우지만..
　누구라도 소통 하고 싶은 마음에.. 공감에 환호하고.. 위로에 감사하지만..

　어쩌면 그렇기에 '어른 아이' 인생은 더 외로운 것일지도 모릅니다..
　속마음을 나누고, 위로 받거나, 인정받을 받을 곳이 고작 사이버 공간 밖에 없다는 반증이기도 하니까요..
　사이버에서나 받을 수 있는 내 상처와 아픔에 대한 쓸쓸한 위로..

　그렇게 나를 위로해주는 사람은 거의 없고..
　아무도 내편이 되어주는 사람은 없는 것 같기에.. 때로는 문득 먼저 떠나간 그리운 그 사람도 생각나지요..

　이제는 '어른'이 되어버린 상처 많은 '어른 아이'에게..
　이제는 '어른'이 되어버린 여전히 외로운 '어른 아이'에게..
　저는 이런 말을 하고 싶습니다.

첫 번째 이야기 : 그냥 그대로도 괜찮습니다.

"나는 이렇게 내가 되었다."

세상에 깨어진후에야 내가 되었다.
세상에 버려진후에야 나를 찾았다.
세상에 울어본후에야 나를 만나게 되었다.
세상에 속아본후에야 나를 믿게 되었다.
세상에 무시 당한후에야 나를 알게 되었다.
세상에 패배 당한후에야 나를 돌아보게 되었다.
그렇게 나는 세상 속에 끊임없이 부딪히며 나를 만들게 되었다.

세상에 깨어지고 버려지고 울어보고 무시당하고 패배 당한후에야
속아보고 부딪히며 나는 '나의 길'을 걷게 되었다.

아픔과 눈물과 서러움과 외로움과 고독을 통해
포기할 수 없는 꿈과 희망을 알게 되었다.
인생을 알고 사랑을 알고 진실을 알고 나를 알며
나는 내가 되었다.

비로서 나는 존재와 자유에 의미를 알게 되었다.
비로서 나는 나의 삶을 살게 되었다.

그동안 충분히 고생하고 힘들게 버텨온 당신의 삶을 이해 합니다.
수고 많았습니다.. 그것만으로도 당신의 삶은 충분히 소중 합니다.

지금의 스스로를 부끄러워하지 않았으면 좋겠습니다.
성공하지 못한 스스로를 탓하지 말았으면 좋겠습니다.

당신이 '어른'이면서도 여전히 어린 마음으로 '어른 아이'로 남은 것
은..
당신이 순수하기 때문 일 것 입니다.

당신이 비록 '성공'을 이루지는 못했지만 여전히 착한 '어른 아이'로
살아가는 것은.. 당신이 좋은 사람이기 때문 일 것 입니다.

착하게 산다는 건 나도 행복하고 남도 행복해지게 만드는 마법 같은
일입니다. 이미 당신은 그런 마법 같은 일을 했을 수 있습니다.

이제 성공하지 못한 자신을 괴로워도 말고...
성공하지 못한 스스로를 탓하지 말라고 말하고 싶습니다.
무엇엔가 열심히 노력 했다면 그것으로 충분하다고 생각 합니다.
소신껏 주변과 함께 더불어 열심히 살았다고 자부 한다면 그것으로
이미 성공 했다고 믿어야 합니다.

이제 저는 당신에게 "달릴 줄 알지만 달리지 않는다"는 사막의 낙타
에 대해 말하고 싶습니다.
낙타는 치열한 초원의 생존경쟁을 피해 홀로 사막에서의 삶을 선택
했다고 합니다.

그리고 "달릴 줄 알지만 달리지 않고" 살아가기에 오히려 그 뜨거운 사막에서도 "며칠씩 물을 마시지 않고도 버텨 낼 수" 있을 것입니다.

(위의 낙타 이야기는 "낙타는 왜 사막으로 갔을까" - '최형선' 지음, 2011년 출간. 내용 일부 인용)

어찌 보면 나태한 것일 수도, 어찌 보면 엉뚱한 것일 수도 있지만..

그동안 열심히 살아온 당신이기에..

낙타의 삶에 대해 생각해보라고 말하고 싶습니다..

이제 당신은 자신 있게 웃어도 됩니다. 반대로 눈물 펑펑 울어도 됩니다. 웃는 어른이어도.. 우는 어른이어도 괜찮습니다.

당신이기에 됩니다. '어른 아이'이기에 됩니다.

노래를 불러도, 술을 마셔도, 달리기를 하거나, 꽃을 키워도, 편지를 쓰거나, 기도를 해도, 잠을 자거나, 떠들거나, 춤을 춰도 모두 괜찮습니다.

그동안 당신은 오랫동안 속으로만 참아왔으니까요.

그래서 '어른 아이'어도 괜찮습니다.

당신 마음속 모든 것을 그대로 하셔도 됩니다.

그렇게 해서 당신 삶이 행복하기만 하면 됩니다.

그래서라도 당신 자신의 삶을 살면 됩니다.

당신은 충분히 열심히 살았으니까..

당신은 충분히 아름답게 살았으니까..

당신은 그렇게 '어른'이 되어버린 '어른 아이'니까...

첫 번째 이야기 : 그냥 그대로도 괜찮습니다.

성공할 가능성이 부족해
내 꿈을 망설이는 당신에게..

예술가의 길을 걷고 싶은데 재능이 부족하고 성공할 자신이 없어 그 꿈을 망설인다는 고민을 봅니다. 예술만으로는 밥벌이를 할 수 없기에 포기해야할지 아니면 배고픔을 참으며 이 길을 걸어야 할지 도무지 혼란스럽다는 것입니다. 그리고 과연 이 길로 성공할 수 있을지에 대한 의문이 든다는 것입니다.

맞습니다. 흔히 천재들이나 성공할 수 있는 것이 예술이고, 젊은 시절에 성공하지 못하면 먼 길을 참고가야 하는 것이 예술 입니다. 그래서 천재성이 부족해서 주저하고 성공 확률이 부족해 망설일 수 있습니다.

그렇게 재능 부족으로 갈등하는 그분에게 묻고 싶습니다. 당신은 처음에 왜 글쓰기를, 그림을, 음악을, 무용을, 영화를.. 그 예술을 하고 싶었느냐고..

우선 처음 시작하고 싶었을 때의 그 마음을 자신에게 물어 보라고.. 그리고 그 마음이 여전한지와 앞으로도 계속 그 마음이 이어질 것 같은지를 생각해 보라고.. 그러면 그 길을 운명처럼 받아들이고 가야할 지에 대한 대답을 얻을 수 있을 것 입니다.

재능이 부족하고 성공할 자신이 없어 그 꿈을 망설인다는 당신..
눈을 지그시 감고 스스로에게 물어보세요. 당신을 망설이게 하는 진짜 이유가 무엇이고.. 무엇 때문에 당신이 그 일을 하고 싶은 것인가에 대해서...

자, 우선 당신의 망설임은 과연 어디서 오는 걸까요?
당신은 예술가가 되고 싶었던 건가요? 아니면 '유명인'이 되고 싶었던 건가요?

사실은 당신은 예술 보다는 그것을 통해 '유명인'이나 '부귀영화'를 이루고 싶었던 건 아닐까요?
당신이 생각하는 예술의 성공은 예술적 완성이나 자아 실현이 아니라... 사회적 유명세와 부귀영화가 아니었을까요?
당신에게 '당신이 하고 싶은 그 일'은 그 일의 '가치' 보다, 그 일로 인한 '부귀영화'가 더 중요한 건 아닐까요?

물론 그런 '사회적 성공'도 좋습니다. 하지만 그것이 작품 활동을 통한 자연스러운 노력이고 결과여야만 하지 그런 '사회적 성공' 자체가 목적이 되어서는 안 된다고 봅니다. 또한 지금도 이렇게 그 실현 가능성 때문에 망설이고 있는데 그런 망설임으로 시작하는 일이 과연 쉽사리 성공으로 이어질까요..

저는 예술이란 성공을 위해서 하는 것이 아니라 나의 본질을 찾고, 진정한 내 삶을 살기 위한 자아실현을 위해 하는 것이라 믿습니다. 그 래서 설령 '사회적으로 성공' 할 수 없더라도 할 수 있는 것이 예술이라 고 생각 합니다.

예술이 위대한건 감동도 감동이지만 그 누구든 신분에 상관없이 예 술가를 꿈꿀 수 있고, 예술가가 될 수 있다는 것입니다. 그래서 예술이 야 말로 평화고, 인간이고, 사랑이고, 평등이고 인간을 인간답게 만드 는 특별한 가치를 지닌 행위라는 것입니다.

타고난 신분이나 환경의 테두리를 넘어 그 누구나 감동을 만들 수 있고, 감동을 줄 수 있는 것. 그렇게 누구나 도전할 수 있기에 예술은 열린 세계이고 희망과 구원이 되어줄 수 있는 가치라고 생각합니다.

이런 정신적 가치를 가진 예술이 때로는 물질적인 부귀보다도 위대 할 수 있습니다. 돈과 권력은 그것을 움켜쥐고 있는 순간에만 영향력을 갖게 되는 짧고 한정된 영광이지만 예술은 세상에 내려놓아도 여전히 감동과 위로로 사람들의 마음을 움직입니다. 오히려 예술은 세상에 나 누어주면 줄수록 더 큰 가치를 지닌 긴 무한성과 확장성을 가졌습니다.

그래서 시대가 변하고 세월이 흘러도 변하지 않는 감동의 가치이기에 예술이 부귀영화보다도 위대할 수 있는 것입니다. 또한 그런 위대한 감동을 그 누구나 만들어 낼 수 있는 열린 도전이기 때문에 예술은 인생을 걸고 꾸준히 시도할만한 가치가 있습니다.

부자가 평생 모은 1,000억 원이 그가 떠나고 오십년이 지나면 과연 그 누군가에게 기억 될까요? 그 돈들은 이미 세상 속에 흩어져 내 것도 아니고 네 것도 아닌 상태가 되거나 아귀다툼의 대상이 될 것 입니다.

하지만 어느 시인이 쓴 불과 몇 편의 시는 오십년이 지나도 많은 사람들에게 나누어져 감동과 위로가 됩니다. '윤동주'의 '서시'가 그렇고 '백석'의 '나와 나타샤와 흰당나귀'가 그렇습니다.

'고흐'는 지독히 절망적인 상황에서도 가장 희망적인 그림을 남겼습니다. 그래서 그의 작품은 예술적 감동을 넘어 결코 포기할 수 없는 희망을 일깨워줍니다. 그의 작품을 보고 수많은 사람들이 포기할 수 없는 간절한 희망을 느끼며 자기 길을 걷게 됩니다.

그의 그림에서 희망은 힘겨움 속에 피어나는 꽃이고, 감동은 고난 속에 맺어지는 열매라는 것을 보며 힘든 현실을 위로 받고, 상처투성이로 외면 받는 자신이지만 그래도 용기를 내게 됩니다. 그렇게 다시 일어선 사람이 설령 크게 성공하지 않더라도 그건 분명히 소중한 일입니다. 그 사람의 가장 아픈 시기를 견딜 수 있는 힘을 주었기 때문에..

그런 유명한 예술가 말고 수많은 무명의 시인, 소설가, 작가, 화가, 음악가, 무용가, 배우, 만화가들이 이름을 남기지 않고 사라진 사람들이 있습니다. 하지만 그들의 작품 역시도 그 누군가에게 용기와 위로와 영감이 되어주긴 마찬 가지입니다.

비록 역사에 위대한 작품으로 남지 못했을지라도 최소한 그와 함께 했던 사람에게만큼은 꽃이고 사랑이고 행복이고 추억이고 잊을 수 없는 사람과 사랑이 되어 주었습니다. 그것만으로 그의 예술적 삶은 분명 가치 있는 일입니다.

사람들은 그까짓 예술이 무슨 소용이고, 감동이, 위로가, 삶의 깨우침이 도대체 무슨 소용이라고 말하기도 합니다. 단지 부귀영화와 성공만이 필요할 뿐이라고도 말합니다. 저 또한 알고 있습니다.

그렇게 부귀영화를 찾아 사는 것도 괜찮고 그리 살면 편하고 즐겁습니다. 그러나 굳이 그런 것이 없어도 '하늘의 뜻'을 알만한 나이가 가까워지면 그렇게 부귀영화를 누리지 못하는 삶을 부끄러워하지 않아도 되고 후회하지 않아도 됩니다. 그냥 자기가 걷고 싶은 길을 묵묵히 걸은 것만으로도 그 삶은 아름답고 위대한 것일 수 있기 때문 입니다.

그래서 누구나 작품(예술) 활동을 할 수 있는 것 입니다. 작품 활동 그 자체에 만족하신다면 주저하지 마시고 그냥 시작 하세요. 굳이 '유명인'이나 '부귀영화'를 이룰 사람만이 작품 활동을 할 수 있는 건 아니니까요.

비록 무명인일지라도 당신의 일상이 담긴 작품에서도 소소하고 따스한 마음이 담긴 한 작품, 한 작품에서도 누군가는 감동 받을 수 있답니다. 그러니 작품 활동을 주저하지 마세요. 작품 활동을 통해 많은 것을 바라지만 않으면 주저할 이유도 없습니다.

그런데 당신이 '유명인'이나 '부귀영화'를 이루려는 마음이 크기에 작품 활동이 망설여지는 것입니다. 그래서 사실은 당신이 그토록 꿈꾸던 건 예술가가 아니라 유명인의 꿈이었을 수도 있던 것 입니다.

그런 꿈도 괜찮고 당연히 그릴 수 있습니다. 하시만 그런 꿈을 이루려면 예술을 응용한 사업가가 예술 퍼포먼스를 활용해 돈을 버는 것이 더 빠를 것 입니다. 괜한 갈등으로 스스로의 꿈과 하고 싶은 일에 대한 도전을 망설이지는 말라는 것입니다.

만일 당신의 꿈이 작가라면 그냥 쓰세요. 글을 쓰기에 작가이지 '유명인'이기 때문에 작가가 아닙니다. '유명인'이 쓴 글이라 좋은 글이 아니라.. 단지 좋은 글이기 때문에 좋은 글인 것 입니다. 당신은 좋은 글을 쓰고 싶었던 것이지 '유명인'으로의 글쓰기를 꿈꾼 것이 아닙니다. 오히려 그렇게 편하게 쓰다보면 아주 큰 사회적 성공을 이룰 수도 있고 '유명인'이 될 수도 있습니다.

사실 '유명인'이 된다는 건 그런 순수한 능력 외적인 요소도 필요하고 운도 따라주어야 하기에 어쩌면 운명 같은 것일 수도 있습니다. 또한 '유명인'이라서 더 솔직하지 못하거나 자유롭지 못한 것들도 있습니다. 그리고 젊을 때 일찍 '유명인'이 된다면 다시 '무명인'으로 추락할 수 있다는 불안과 고통도 맛볼 수 있게 됩니다.

그래서 오히려 무명인이기에 더 자유롭게 살아가고.. 더 자유롭게 살아가기에 더 다양한 작품세계를 구사할 수도 있습니다. 이미 나이가 들었다면 이젠 유명해져도 그 유명세에 흔들리지 않을 수 있는 자기세계를 구축 했기에 불안감이 덜 할 수도 있습니다.

자, 다시 묻습니다. 당신은 왜 예술가의 길을 꿈꾸었나요. 아직 무엇을 위해서라고 자신 있게 대답할 수도 없다면 제 생각을 한번 더 말씀드립니다.

흐르는 물은 얼지도 썩지도 않습니다. 말 그대로 맑음이고 살아있음입니다.
사람도 그렇습니다. 늘 깨어 있는 영혼은 얼지도 썩지도 않습니다.

당신이 예술가의 길을 간다는 것은 그런 깨어 있는 영혼으로 산다는 것을 의미 합니다.
그것만으로 예술가로서의 삶이 보상 되지는 않겠지만..
그것만으로 당신 자신이 살아 있음을 느끼고, 스스로의 삶에 주인으로 살아가는 것 일수는 있습니다.

그것이 비록 너무 작은 보상일수도 있지만 그래도 '후회 없는 삶을 살았다'는 만족이 될 거라 믿습니다.
물론 그런 작품 활동을 통해 당신을 사랑해주는 주변의 사랑까지 덤으로 남겠지만...

자, 이제 마지막으로 한마디 덧 부칩니다.
조선의 최고 천재로 꼽히는 다산 '정약용' 선생도 말씀 하셨습니다.
"지식인이 세상에 전하려고 책을 펴내는 일은 한 사람만이라도 그 책의 값어치를 알아주는 사람이 있으면 해서다."

그렇습니다. 그런 대단한 저술가요, 천재도 한 사람만이라도 알아주었으면 하는 마음으로 저술을 합니다.
그러니 평범한 사람으로 태어나 너무 인정받기를 의식하며 작품 활동을 할 필요는 없다는 것입니다.

너무 세상을 의식하지 말고, 세상 평가에 너무 구애받지 말고.. 역사에 남는 위대한 명작을 남기기보다는 먼저 그냥 하고자 하는 일을 그냥 하면 됩니다.

'프로작가'가 아니라.. '생활인'으로서 쓰면 되고.. 우선 나에게 소중한 한 사람을 위해서라도 하면 됩니다.

그것이 가족, 연인, 친구가 되어도 좋고 더 범위를 넓혀 보다 많은 사람들을 대상으로 해도 좋습니다.

그것이 사회봉사 활동일 수도 있고 재능 기부로 이어질 수도 있습니다.

분명 당신의 그런 작품 활동을 보며 기뻐하고 반가워 할 사람이 있습니다.

실제로 온라인 SNS에서의 글쓰기나 사진 올리기, 각종 강의, 강연도 모두 그와 비슷한 맥락입니다.

당신이 글쓰기를 좋아하면 누군가에게 편지를 써보십시오. 그 누구든 편지를 받으면 기뻐하는 것이 사람 마음입니다.

그렇게 부담 없이 시작하고 내 삶의 일생의 작업으로 생각하며 꾸준히 해나가면 됩니다.

그러다 보면 더 많은 사람들을 상대로 더 많은 일들을 할 기회도 올 수 있습니다.

그러니 그냥 하십시오. 단지 하고 있는 그 마음이 소중한 것이고 그렇게 내 영혼이 깨어 있음이 중요 합니다.

그렇게 우리 하고 싶은 일을 하는 그 평범한 삶도 소중해지고 위대해지는 것입니다.

그렇게 우리 살아 있음도, 살아감도 아름다워지는 것입니다.

그래서 저는 오늘도 씁니다..

홀로 서는 당신,
다시 시작하는 당신을 위한 기도..

인생은 '홀로서기'라지만 삶을 살면서 적게는 몇 번, 많게는 수십 번이나 홀로서기를 해야 합니다.

우선 학창시절이 끝나면 새로운 사회인으로 홀로서기를, 부모님에게서 분가하며 홀로서기를 합니다. 거기에 더 나가 직장인은 상사나 자기업무에서 홀로서기를 해야 하고, 자영업자는 사업이 자리 잡기까지 홀로서기를 하고, 업종이 바뀌거나 경쟁업자가 생기면 또다시 홀로서기를 해야 합니다.

전업주부라도 아이들을 모두 키우고 난후 자기 삶을 찾는 홀로서기를 해야 하고, 독신자라면 홀로 행복할 수 있는 홀로서기를 해야 합니다. 그 과정에서 계속 만남과 이별, 시작과 끝, 그리고 다시 시작을 반복하게 됩니다.

결국 홀로서기는 늘 새로운 시작 이고, 새로운 시작은 두렵기 마련입니다.

이제는 홀로선지 알았기에 그 삶에 만족하고 안주하려다 보면 어느

첫 번째 이야기 : 그냥 그대로도 괜찮습니다.

새 또 다시 홀로서야 하고, 또다시 시작해야 하는 인생의 반복. 정말 피곤한 삶일 수도 있습니다.

그래서 홀로서기가 두렵고 새로운 시작을 피하고만 싶습니다.
그냥 지금까지의 그 삶에 안주하고 싶고 머무르고 싶습니다.
하지만 현실은 이미 안주할 수 없도록 등 떠밀고 새로운 시작으로 내몰고 있습니다.

그래서 회사를 그만둔 직장인은 지난 직장에 늘 미련을 갖고 무심결에도 지난 직장의 자신과 지금의 처지를 비교하거나 남들에게 소개할 때도 지금의 일 보다 과거 어디 출신임을 강조 합니다.

비록 몸은 떠났지만 아직 마음은 예전에 머무르며 새로운 시작을 하지 못한 것입니다. 그건 지난 과거가 더 멋지고 화려할수록 더더욱 심합니다.

과거에 성공했던 사람이 그 자리에서 내려오면 늘 그 성공했던 과거를 그리워하고, 과거의 영광으로 지금의 초라함을 숨기고 싶어 합니다.

예전에는 우등생이었는데, 예전에는 일류 대학 출신인데, 예전에는 대기업 다녔는데, 예전에는 부자였는데, 예전에는 한자리 했었는데, 예전에는 잘 나갔었는데, 예전에는 성공 했었는데...

이런 말들의 공통점은 말 그대로 그 예전의 일이라는 것이고..

이런 말을 하는 사람은 지금에 살고 있는 것이 아니라 예전에 살고 있다는 것입니다.

그 사람은 예전의 그 사람이 아닌데 여전히 예전의 내 속에 살고 있다는 것입니다.

물론 그럴 수 있습니다.

얼마나 힘들게 노력해 올라간 그 자리고 얼마나 어렵게 참고 참아가게 되었던 그 위치입니까.

그러니 결코 잊을 수 없고 평생의 자랑과 자부심으로 그때 그 시절을 그리워할 수 있습니다.

그렇게 과거의 스스로에 대해 자부심을 갖는 것은 좋은 일입니다.

하지만 이미 떠났는데도 불구하고 늘 그 속에서만 살아서는 안 된다는 것입니다.

늘 예전 그 속에 살면 살수록 자신이 초라해질 수 있고, 지금의 자신을 잃어버릴 수 있다는 것입니다.

세상에 사계절이 있듯 인간의 삶도 사계절이 있습니다.

가을의 풍성함이 있는 대신 겨울의 혹독함이 있듯, 성공의 시기가 있으면 시련의 시기도 있습니다.

성공은 성공으로, 시련은 시련으로 있는 그대로 받아 들여야 합니다.

성공도 시련도 모두 내 삶의 일부분으로 받아 들여야만 합니다.

"나무는 꽃을 버려야 열매를 맺고, 강물은 강을 버려야 바다에 이른
다."는 '화엄경'의 말씀이 있습니다.
우리 살아가는 삶의 인연도 그런 것 같습니다.

인생의 강물을 떠가면서도 마찬가지라고 봅니다.
살면서 '미류나무'나 '모래섬' 같은 사람이나 일을 만나 잠시 머무르
다 떠나기도 하고,
'나룻배'와 같은 사람이나 일과 함께 끝까지 흘러가기도 합니다.

그러기에 그냥 머물다 떠나는 바위섬에 미련을 갖지 말아야 합니다.
그 숲이 푸르다고 해서 지나칠 그 산을 미련을 갖지 말아야 합니다.

각자에게 끝까지 가는 인연도 있고, 잊어버려야할 인연이 있습니다.
나룻배와 같은 인연은 강물과 함께 끝까지 바다로 흘러가는 인연이
고..
그렇지 못하고 미련을 거두어야할 인연도 있는 것입니다.

그냥 그렇게 생각해야 합니다.
거두어야할 인연을 끝까지 붙들고 매달린들 강물은 제자리에서 맴
돌다 결국 소용돌이를 일으킵니다.
그리고 그 소용돌이는 다른 인연들까지 옭아 매며 힘들게 할 수도

있습니다.

이제 그만 잊어버릴 것은 잊어버리고 새롭게 시작해야 합니다.
그것도 우리 삶의 일부분인 것입니다.

새로운 시작, 분명 부담되고 두렵겠지만 그래도 억지로라도 미련을
버리고 두려움을 버려야 합니다.
더 이상 지난 과거의 영광을 그리워하지 마십시오.
좋았던 지난 세월은 이미 세월의 강물 위에 흘러가 버렸습니다. 다
시 돌아오지 않습니다.
이미 지난 시간에 매달리기 보다는 그런 아름다운 시간, 행복한 시
간을 다시 만들면 됩니다.

이제 우선 그 무엇보다도, 그 누구보다도 내가 내 자신을 믿어줘야
합니다.
다른 사람도 아닌 내 자신인데 내가 나를 가장 믿어줘야지요.
나 자신도 사랑하지 않는 나를 도대체 누가 사랑해 주겠습니까.
그러니 내가 나를 사랑하고 이해하고 안아줘야 합니다.

그리고 혹시라도 나의 예전 같지 않은 상황 때문에 나를 멀리하는
사람이 있다면 그 사람도 보내주면 됩니다.
그 사람은 예전의 나를 만날 때 사회적 위치 때문에 만난 것이지 나
라는 사람 자체를 만난 것이 아니니까 떠나감을 아쉬워할 필요도 없습

니다. 그 사람은 내가 아닌 내 명함과 친했던 것일 뿐이니까요.

사람들과 대화를 하다보면 늘 과거를 말하는 사람이 있고, 늘 미래를 말하는 사람이 있습니다.

과거를 말하는 사람은 과거 속에서 사는 거고, 미래를 말하는 사람은 결국 미래에 살게 됩니다.

과거에 살 것인가, 미래에 살 것인가. 선택은 스스로의 몫 입니다.

더 멋지고 행복한 미래를 원한다면 미래를 말 하시고 미래를 꿈꾸세요.

그러니 더 이상 두려워 마십시오.

비록 이제 나이 들어 내 몸이 예전처럼 날렵하지 않다면 이젠 더 높은 지혜가 생겼습니다.

과거의 화려한 외모가 사라졌다면 우아한 품위는 생겼습니다.

젊음은 그 나이만의 밝고 풋풋한 열정이 있다면 나이 들면 그만큼의 중후함과 연륜이 있습니다.

그 나이에 맞는 그런 일과 그런 도전을 받아들이고 찾으면 됩니다.

과거처럼 화려하지 않고, 과거처럼 멋진 일이 아니라 해도 그것을 그대로 인정하면 됩니다.

부끄러워 할 필요도 없습니다. 더 이상 젊음의 패기가 없다면 나이 듦의 여유로움으로 승부하면 됩니다.

분명 과거 보다 너그러움도 있고 경험도 있습니다. 그런 연륜을 믿어야 합니다.

그래서 과거 보다 벌이나 결과가 부족해도 더 작은 것으로도 더 풍요로울 수 있습니다.

그런 여유와 지혜로 그렇게 다시 시작해야 됩니다.

그러면 오히려 더 행복해 질 수도 있습니다.

많은 사람들이 말합니다. 오히려 나이 들어가며 더 행복해 졌다고...

바로 너그러워졌기에 작은 것에도 진정한 행복을 느끼는 것입니다.

그러니 두려워말고 다시 시작하면 됩니다.

빛나는 명함이 아니면 어떻습니까. 열심히 살아가는 그 모습으로도 삶은 아름답습니다.

다시 시작하기에 새로운 미래가 당신을 기다립니다.

이제 과거의 당신이 아닌 미래의 당신을 만날 수 있습니다.

저 넓은 자유의 바다에서 '미래의 내'가 '현재의 나'를 기다립니다.

"새로운 돛을 올리며..."

많은 생각들을 하게하는 날들의 연속이었습니다.

우울함과 좌절감과 불안감이 뒤섞이기도 했고,

첫 번째 이야기 : 그냥 그대로도 괜찮습니다.

희망의 꿈을 꾸기도 했습니다.

거대한 세상을 상대하기에 아직은 내 자신이 나약한 것이 현실이지만..
나는 할 수 없을 거라는, 해봐야 결과는 그저 그럴 것이라는..
이런 허무주의야말로 나에게 가장 큰 적일 것이라는 생각이 듭니다.

행복하고 당당한 내 자신이 된다는 것.
진정 자유로운 내 자신이 된다는 것.
세상살이는 그런 당당한 행복과 진정 자유로운 삶을 얻기 위해서..
많은 어려움이 있다는 것을 이미 알고 있습니다.

하지만 저는 결심 했고, 이제 그 돛을 힘차게 올렸습니다.
내 삶의 진정한 행복을 찾고 당당한 자유로움을 찾아 가겠다는..
이제 간절히 기도를 올립니다.
이제 내려진 결정이라면 뒤에 올 결과를 두려워해 주저하는 비겁함을 버리게 해주소서..
가장 큰 비겁자는 뒤에 올 결과를 걱정해 시작조차 피하는 사람이라는 믿음을 더욱 더 굳건히 해주소서..

나의 명분과 목적이 옳다면 끝까지 흔들리지 않게 해주소서..
그렇다고 당장 죽는 것이 아닐지니..
아무리 힘들 것이라 생각 되는 일도 막상 해보면 생각 했던 것보다는 쉬울 것이라는 자신과 용기를 주소서..

두려워 하지마라. 나의 길은 세상에 얼마든지 또 있을 거야..
나약함은 나 자신을 늘 소심하게 하고 아프게 하지만..
끝까지 이 힘없고 부족한 한 사람에게 의지와 행운을 주소서..

진정 더 나은 미래를 원한다면 내가 가야할 길을 버리지 말아야 한다
는..
큰 가르침을 주소서..

이제 내 나이에도 책임을 질 나이가 되었지 않았던가.
내 삶의 떳떳함이 내 나이에 대한 진징한 띳띳함이라는..
크나큰 신념을 주소서...

첫 번째 이야기 : 그냥 그대로도 괜찮습니다.

"아직도 외로움에 잠 못 드는 '어른 울보' 당신에게.."
('외로움'에서의 시작.. '슬픔'으로부터의 힘..)

사람의 몸은 70%가 물로 채워져 있다고 하는데.. 당신의 마음은 아마도 외로움으로 70%가 채워져 있을 것입니다. 그리고 또 20%는 그 외로움으로 인한 공허함과 쓸쓸함..

물론 당신의 그런 외로움을 눈치 채는 사람은 그리 많지 않습니다. 오히려 그 외로움을 잊기 위해 억지로라도 더 웃고 더 쾌활한척 생활하기에 남들은 밝고 씩씩한 사람이라 생각하기도 합니다.

하지만 바로 그래서 더더욱 외롭습니다. 언제나 외롭지 않기 위해 먼저 만나자고 연락 하고.. 먼저 손 내밀어 사람을 만나지만.. 이상하게도 돌아서면 외로움은 그대로입니다.

친구가 한 명일때도, 열 명일때도 수 십명, 아니 수 백명일때도.. 그 외로움과 허전함은 쉽게 채워지지 않기는 마찬가지입니다.

도대체 왜 만나고 돌아서면 왜 나만 더 외롭고.. 왜 나만 더 그리워 하는 건지 도무지 알 수가 없습니다.

또 그래서 인생은 살아가는 것 자체가 외로움이라는 것이겠지만 그 외로움을 극복하기는 쉽지가 않습니다.

휴대전화에 전화번호가 수백, 수천개가 있어도 막상 속마음을 나누고 위로 받을 사람을 쉽게 찾지 못하는 것이지요.

결국 이제 그 외로움을 잊으려 현실을 넘어 온라인 공간에서 위로를 찾습니다.

어쩌면 현실에서의 인간관계 보다 마음이 더 편할 수도 있습니다.

현실에서는 모든 것이 공개되어 있어 이미 상대방이 나를 잘 알기에 오히려 선입견이나 고정관념 때문에 진솔한 대화가 방해받을 수도 있습니다.

하시만 큰 사회석 조건이나 학력, 나이, 위치에 제약 없는 소통이 가능한 온라인에서는 더 허심탄회하고 차별 없는 대화가 이루어지기도 합니다. (물론 그래서 더 가식적이거나 허위의 이야기들이 오고가는 부작용도 있습니다.)

그러다 보니 각종 온라인 커뮤니티에는 다음날 출근 하는 사람들임에도 불구하고 새벽까지 잠 못 들고 소통을 찾는 사람이 많습니다.

따스한 말 한마디에도 훈훈해 하고.. 작은 공감에도 고마워하며.. 작은 위로에도 감사의 마음으로 외로움과 허전함과 쓸쓸함의 비움을 채워 봅니다.

그 많은 사람들 속에서 그 많은 사람들과 함께 살고 있지만...

결국 정작 마음 속 외로움은 온라인 공간.. SNS 커뮤니티에서 찾고 있는 허전함에 대한 위로..

그렇습니다. 그래서 인생 참 외롭습니다.

그 외로움의 원인은 타고난 '성격'탓일수도 있고.. 성장기나 살아온 과정의 그 어떤 '트라우마' 때문일 수도 있습니다.

하지만 그 외로움의 시작이 무엇이건 간에 외로움은 밖에서 채울 수 있는 것이 아닌 내 안에서 해결할 문제일 것입니다.

결국은 혼자 견뎌가야 하고.. 혼자 해결해야할 그런 원초적이고 근본적인 문제..

그래서 내 스스로 더 굳건해지지 않으면, 내 스스로 채우지 않으면.. 끝내 해결될 수 없는 그런..

아니, 끝내 채워지지 않을지라도 그런 채움 속에 스스로를 만들어가는 그런 문제..

인생을 살면서 큰 성공을 했을 때면 그 성공의 결과물만을 보고 찾아온 수많은 사람들의 위선을 보면서 회의감에 외로웠습니다.

반대로 그 어떤 실패를 했을 때면 그런 사람마저도 떠나 버리고 혼자가 되니 그래서 또 외로웠습니다.

결국, 사회적 성공이나 실패와는 큰 관계없는 인간이 숙명처럼 안고 살아야 하는 문제라는 생각이 들었습니다.

그런데 또 한편으로는 이런 생각이 들었습니다.

더 이상 외롭지도, 그립지도 않다면... 그건 내 마음의 감성이 완전히 채워져 버렸기 때문일까요?

아니면 모두 메말라 버려서일까요?

그건 아마도 내 마음이 모두 채워졌기 보다는 내 마음 속 감정이 이미 메말라 버려서 일 것입니다.

그래서 비록 그 외로움 때문에 힘들고 아프더라도..

그렇게 사람에 대한 갈망과 그리움이 있는 사람이 더 인간미 있는 것이 아닐까요.

또 그렇기에 비록 외로움이 아픔을 동반하는 감정일지라도..

그것이 사람의 삶을 더 사람답게 만들고 아름답게 만드는 소중한 감정이라고 생각해야 할 것입니다.

마치 '마음'이라는 초원에 스스로 외로움의 물길을 내고..

그 외로움의 물길이 '마음'의 초원을 가르며 흐르기에 주변 '감정'의 수풀들이 푸르게 자라는 것처럼...

그렇게 생각할 수도 있을 것입니다.

바다를 향해가는 끝 모를 그리움의 강물이 있기에.. 그 초원이 메마르지 않고 푸르른 것처럼...

모든 외로움의 강물이 평안의 바다로 가버리고 말면.. 강물이 말라 더 이상 수풀들을 키워낼 수 없듯...

그런 외로움의 강물, 그리움의 강물, 감성의 강물이 우리 맘속, 우리 삶속, 우리 세상 속에 흘러야..

세상은 좀 더 아름답고.. 푸를 수 있는 것이 아닐지..

어쩌면 우리는 스스로의 존재를 너무 낮게만 생각하는 것 같습니다.

그래도 분명 그 누군가는 '나'라는 사람 때문에 '나'라는 사람 덕분에.. 살아가는 누군가가 있을 수 있습니다.

그것을 잊지 말아야 합니다.

맞습니다. 사실 우리는 그 모두 그 누군가에게는 꼭 필요한 존재입니다.

실제로 그렇습니다. 외로울 때면 그 사실을 다시 떠올려 보아야 합니다.

그래서 외로움이 밀려와 허전함에 힘이 들 때면.. 나를 사랑해주는 그 사람을 떠올리면 됩니다.

그리고 다시 또 먼저 전화를 하든.. 편지를 쓰든 하며.. 그 사람 역시도 외로울 그 허전함을 위로해주면 됩니다.

좋아한다고.. 사랑한다고.. 늘 함께 한다고...

그래도 괜찮다고.. 말해주고 편지를 써주면 됩니다.

어쩌면 그래도 내가 그 사람 보다...

더 마음의 여유가 있기에 외로움을 느끼는 것일 수도 있습니다.

어쩌면 그래도 내가 그 사람 보다...

더 생각의 여유가 있기에 슬픔을 느끼는 것일 수도 있습니다.

그렇습니다. 나를 믿고 있는 그 사람은... 나를 찾고 있는 그 사람은...

나를 보고 싶어 하는 그 사람은... 나를 기다리는 그 사람은...

이런 외로움과 슬픔을 떠올리지도 못 할 만큼 힘들고 아플지도 모릅니다.

그래서 차마 먼저 보고 싶다고... 말하지 못하는 것일지도 모릅니다.

그래도 먼저 그립다 말하고, 먼저 보고 싶다 말하고, 먼저 손 내미는 사람이 더 좋은 사람..

더 착한 사람이라 생각 하면 됩니다. 이제부터는 그렇게 기다리기 보다는 먼저 다가가기..

그렇게 더 착하게 더 사랑하며 사는 사람이..

나도 행복하고 남도 행복하게 만드는 진짜 어른입니다.

우리는 그렇게 진짜 어른이 되는 것 입니다.

더 이상 외로움에 잠 못 이루는 울보 어른이 아니라.. 좋은 어른.. 착한 어른..

그렇게 나의 외로움은... 나의 슬픔은 누군가에게 전해지는 또 다른

첫 번째 이야기 : 그냥 그대로도 괜찮습니다.

힘이 될 수도 있습니다.

그냥 그렇게.. 외로움의 강.. 슬픔의 강을 흘려보내면 됩니다.

이제 그럴 수 있다고 믿어야 합니다.

'외로움'에서의 시작, '슬픔'으로부터의 힘.. 을 믿어야 합니다.

그래서 외로움의 강.. 슬픔의 강 너머에는.. 새로운 나를 찾아가는 길입니다.

그래서 외로움은 새로운 존재의 시작입니다.

그래서 외로움은 새로운 사랑의 시작입니다.

그러니...

이제 더 이상 외로움에 울고만 있지 마시길...

이유를 알 수 없는
'습관 같은 슬픔'을 가진 사람..

살다 보면 간혹 이유를 알 수 없는 '습관 같은 슬픔'을 느껴 본 적이 있을 것입니다.

그런 습관 같은 슬픔은 어쩌면 대부분의 사람들이 조금씩은 가지고 있는 본능 같은 것인지도 모릅니다.

단지 사람마다 슬픔이 느껴지는 정도의 차이가 있을 뿐인데..

문제는 바로 그 정도의 차이에 있습니다.

평범한 사람들은 보통 아주 가끔 특별한 일이 있거나 특별한 상황에만 느끼는 슬픔을..

살아오면서 무언가에 큰 상처를 받았거나..

감성이 예민한 사람이라면 일상적이고 지속적으로 습관처럼 슬픔을 느낍니다.

이런 습관 같은 슬픔과 비슷한 증세로는 '습관성 애정 결핍증'이나..
'선천성 외로움 중독증'..

'원인 불명 눈물 증후군'.. 같은 것들이 있습니다.

또한, 이런 증세를 앓고 있는 사람들에게는 몇가지 말 못할 가슴앓이가 있습니다.

주위에서는 그의 증세를 모르거나 알아도 전혀 이해를 못하며 오히려 이상하게 생각 한다는 것이죠.

그래서 '습관 같은 슬픔'을 가진 사람들은 나이를 먹을수록 누구에게 함부로 자신의 증세를 말하지 않습니다.

사춘기 때부터 그 증세를 보이는 이 병은 그 시기가 지나면 자연 치유 될 것 같지만 전혀 치유의 기미는 보이지 않고 오히려 만성적인 속 앓이로 성장 합니다.

그 발병의 원인은 물론 그 사람의 성장 환경의 요인도 있겠지만..

타고난 천성이 함께 포함된 복합적인 이유 때문 입니다.

이런 증세로 고생해본 사람은 압니다.

단지 느낌을 가질 수 있는 것만으로도 사람이 얼마나 힘들어 질 수 있다는 것을..

봄날의 눈부신 햇살만으로도 단순한 눈부심이 아닌..

마음의 그 어떤 느낌만으로 사람의 눈에 눈물이 맺힐 수 있다는 것을...

남들은 이런 사람들을 감상적이다.. 낭만적이다..라며 포괄적인 표현을 하지만..

단지 그런 것만이 아닌 것은 분명 합니다.

단지 감상적이라거나.. 낭만적이라고 하기에는 어울리지 않는 것이..

감정만의 문제가 아니라 이성적 깊이가 함께 포함 되어 있기 때문입니다.

아주 드물게 이런 증세를 잘 견뎌 냈거나 아예 그 속에 깊숙이 자리한 사람들은..

'유명인'이 되거나 위대한 예술가가 되기도 합니다.

하지만 대부분 이런 증세를 견디기 힘들어 하는 것은 사실입니다.

얼마 전 친구 하나가 난데 없이 엉뚱한 질문을 했습니다.

"다시 태어난 다면 무엇으로 태어나고 싶냐?"

"생물이 아닌 무생물로..." 망설임 없이 대답 했습니다.

"무생물?"

"어..바위, 돌, 샘물..뭐, 이런 거..."

"미쳤냐? 이왕 내 맘대로 태어나면 좋은 걸로 태어나지. 난 왕으로 태어나고 싶다. 온갖 부귀영화를 다 거머쥐고..."

맞습니다. 이왕 태어나는 거 좋은 걸로 멋진 걸로 태어나야지요.

하지만 저는 그러기 싫습니다.

돈이나 권력이 싫기 때문은 아닙니다.

그 이유는 의외로 그 습관 같은 슬픔과 비슷한 문제 때문 입니다.

사람이 단지 생각하고 느낄 수 있다는 것만으로도 힘들 때가 많습니다.

저 역시 살면서 그런 힘겨움을 많이 겪었습니다.

차라리 그냥 아무 생각이 없다면 기쁨도 느끼지 않겠지만 반대로 슬픔 같은 것도 느끼지 않겠지요.

아무리 좋은 생각, 좋은 감정이라고 해도 그것이 자신에게 벅차고 힘들 때도 있습니다.

그래서 때론 아무 생각이 없는 사람이 되고 싶습니다.

바위처럼, 돌처럼, 샘물처럼 무생물로 태어나면 아무 생각 없이 그냥 제자리를 지키다 사라지면 그만일 뿐..

이렇게 글을 쓰는 것 자체가 생각이 많은 것인데 이런 제가 생각 없이 사는 삶을 원한다면 이상 할 수도 있겠지요.

하지만 어쩔 수 없는 사실입니다.

제 친구는 제가 다시 태어난 다면 새가 되고 싶다고 말 할 줄 알았다고 합니다.

한때 저 핸드폰 초기 화면에 써놓은 글자가 '자유'라 그런 오해를 할 수도 있었을 것입니다.

하지만 저는 그 '자유' 같은 사람 속의 가치 보다 더 폭 넓은 선택을 할 수 있다면..

사람 밖의 세상 속에 그냥 햇볕 좋고 경치 좋은 곳에 자리 잡고 있는 말없는 바위처럼 살고 싶습니다.

그러나 세상은 안타깝게도 이런 '습관 같은 슬픔'을 앓는 사람에게도 사람으로의 살아감을 주었습니다.
그렇기에 사람으로 선택되어진 길을 가야만 합니다.

결국 이런 증세를 겪는 사람들이 그 순간을 견디게 하는 큰 힘 중에 하나는 그래도 '사람'입니다.
혼자 두기 보다는 함께 있어 주어야 하고..
그냥 있기 보다는 즐겁게 있어주어야 합니다.

그런데 문제는 이런 사람들의, 이런 증세를 알고, 이해 해주는 사람은 많지 않다는 것입니다.
그들에게는 전혀 이해되지 않는 증세이기 때문입니다.

마치 이국에서 혼자 동떨어져 있는 느낌입니다.
남들은 모두 영어로 지껄이는데 혼자 한국말을 쓰고 있는듯한 터질 것 같은 답답함과 외로움..

주위에 수없이 많은 사람들이 있지만 정작 자신과 대화 할 수 있거나..
자신의 말을 알아들을 수 있는 사람은 단 한 명도 없는 것 같은 느낌..

그래서 우연히 같은 동포라도 만나면 어쩔 줄 모르는 반가움에 주절
주절 한없이 수다를 늘어 놓는 그런 느낌..

이런 증세의 사람들은 대중 속에 있어도 외롭고 세상 속에 있어도
혼자 인 것 같습니다.

독특한 자신의 매력을 갖고 있기에 실제 사회생활에서 친구도 많습
니다.

또한 나름대로 자신이 소속된 곳이나 사람들에게 능력이나 인간성
을 인정도 받습니다.

하지만 결코 그것만으로는 만족 할 수 없는 무엇이 있습니다.

그것만으로는 함께 나누기에는 부족한 무언가가 있습니다.

외국인 회사에서 아무리 일 잘하고 동료들과 잘 어울리면 뭐 합니
까..

결국 자신은 이방인인데...

그래서 깊은 슬픔은 쉽게 지워지거나 거둬지질 않습니다.

이런 증세가 심해지거나 그 속에서 헤어 나오질 못하게 되는 사람들
은..

평생을 혼자만이 맞이하는 외로움과 슬픔 속에 살아갑니다.

그 누구도 이해해주지 않는 막막한 상황 속에 혼자만의 방황을 하며

살아갑니다.

　그렇다고 삶의 낙오자가 되거나 세상에 민폐가 되는 삶을 사는 것은 결코 아닙니다.

　단지 자신의 삶을 보편적인 사람보다 많이 힘들어 하며 살아간다는 것이죠..

　흔한 말로.. 자기 속을 자기가 깎아 내듯이..

　그러나 분명 한 것은..

　이런 이유를 알 수 없는 '습관 같은 깊은 슬픔'이 하나의 중요한 에너지가 될 수 있다는 것입니다.

　그 슬픔의 에너지가 어떻게 표출되고 어떻게 재사용 되느냐에 따라..

　그 슬픔의 에너지는 사람을 키우기도 하고 사람을 힘들게도 합니다.

　다소 유치할지도 모르겠지만 그 예전 학창 시절 보았던 수필 구절로..

　그 이유를 알 수 없는 '습관 같은 슬픔'을 위로해 봅니다.

　"진주조개가 진주를 품어 내는 것은 자신의 살을 찢어 내는 아픔이 있었기에 가능 하다.

　당신 가슴 속의 그 아픔은 진주를 만들어 내는 과정의 일부분이다.

58

첫 번째 이야기 : 그냥 그대로도 괜찮습니다.

그 아픔이 크면 클수록 진주는 크고 아름답다."

부디 그 아픔을 견딜 수 있기를..
부디 그 슬픔을 자기만의 '진주'로 키워 낼 수 있기를...
이유를 알 수 없는 '습관 같은 슬픔'을 가진 그 모두가...

아파하고만 있기에는
우리 삶이 너무 소중하지 않은가..

저도 알고 있습니다. 유난히 힘들고 어려운 현실이라는 것을..

겨울 같은 현실을 견뎌가는 상황이기에 더더욱 춥다는 것을..

그러나 혹독한 현실과 시린 시기를 너무 힘겨워 마시길,..

인간의 역사에 평범한 사람들에게 가혹하지 않은 시기는 드물었습니다.

언제나 박해와 통제와 감시와 수탈과 착취와 억울과 모순과 굴종으로 얼룩졌지만..

그 속에서도 인간은 희망을 꿈꾸고, 사랑을 이루고, 미래를 만들고, 예술을 창조하며..

사람들은 살아남았습니다.

그렇게 결국 우리는 살아남았습니다.

그러니 시대가 아프다고 좌절 말고.. 그 좌절 속에서 또 꽃을 피워야 합니다.

원래 매서운 겨울, 차가운 얼음 땅 아래서 시련의 시기를 견뎌내야..

새롭게 피어나는 봄꽃이 더욱 더 알차고 아름답습니다.

차라리 그렇게 생각하며 이 겨울의 매운 추위를 견디고 저마다의 봄꽃을 길러내야 합니다.

그래서 새봄이 오면 온 세상을 아름다운 봄꽃으로 물들이면 되는 것입니다.

인간이 위대하고 인간의 창조물이 위대하고 인간의 예술이 위대한 건..

바로 그렇게 지독한 시련 속에서도 결코 포기하지 않고 엄혹한 현실을 뛰어넘어..

아름다운 결과를 만들어 냈다는 것 입니다.

세상의 꽃들은 그렇게 피어났고, 세상의 열매들은 그렇게 겨울 땅을 견뎌냈습니다.

그렇게 묵묵히 그 엄혹한 시대를 견뎌내고 불의와 비겁의 시대를 넘어섰기에..

그 다음 시대, 그 다음 세기까지로 위대함과 감동으로 남아 있습니다.

저항하는 그 삶, 진실된 그 삶, 그 속에서 정의와 바름과 양심과 아름다움과 창조와 진보와 자유를 포기하지 않고 견뎌낸 그 삶이 위대한 건..

엄혹한 현실을 넘고, 불의와 비겁의 현실을 넘어선 위대한 그것들처럼..

또 다른 누군가에게 위로와 용기와 감동이 될 수 있기 때문 입니다.

먼 후일 그 모든 것이 우주의 한 점으로 되돌아갈지라도..

최소한 그때까지 살아갈 수많은 누군가에게는 분명 위로와 용기와 감동이 되어주기 때문 입니다.

인생은 배를 타고 먼 바다를 건너는 것과 같다고 했습니다.

그만큼 험난하고 고독하고 외롭기 때문 입니다.

그런 삶의 본질 속에서 거친 바다를 헤쳐 갈 때 중심을 지켜주는 나침반처럼, 나 자신을 견디게 해준 중심이 되는 가치는 무엇인가요.

엄혹한 시대를 견뎌내고.. 시린 겨울을 참아 내야 하는 사람이라면..

분명 자신을 견디게 해주는 중심 가치가 '성의'와 '바름'과 '양심'과 '아름다움'과 '창조'와 '자유' 같은 것들일 것 입니다.

어차피 그런 가치를 가진 깨어있는 사람이라면 시린 현실을 너무 힘겨워 마십시오.

원래 당신이 믿는 그런 가치 보다 반대쪽 가치를 갖고 살아야 세상살이가 편한 것 입니다.

애초에 세상 구조가 그런 것을 몰랐던 것은 아니잖아요.

그러니 "내 안에 변하지 않는 한 가지로 세상의 만 가지 변화에 대처한다"는 호치민의 말처럼..

스스로가 옳다고 믿는 가치를 가슴에 품고 나를 지키며 혹독한 현실

첫 번째 이야기 : 그냥 그대로도 괜찮습니다.

을 견뎌가야 합니다.

그렇게 견디며 내 꿈을 지켜가고 나 자신을 이루어가야 합니다.
아직도 스스로의 인생을 걸만한 그 이상의 가치를 알지 못하는 이상..
그냥 묵묵히 견디며 새봄을 준비해야 합니다.

살아가는데 인생을 걸고 지켜 갈만한 가치가 있고 그것을 오래도록
지키고 있다면,
그것만으로도 멋진 삶이고 괜찮은 삶인 것 입니다.

결국 희망찬 새봄은 반드시 옵니다.
세상이 생겨나고 겨울이 깊었는데 봄이 오지 않은 적은 한 번도 없
었습니다.
거기다가 겨울 추위가 점점 짧아졌습니다. 더 이상 과거처럼 기나긴
겨울이 아니라 잠시 지나가는 짧은 겨울의 시대가 되었습니다. 그래서
지금의 엄혹한 현실에도 새봄이 멀지 않았습니다.
어차피 시린 현실의 끝자락입니다.
이제 이 시기만을 조금만 더 견디면 됩니다.

그리고 결국 새봄이 왔을 때 스스로가 준비한 꽃들을 피우면 됩니
다.
사랑꽃이든, 인생꽃이든, 성공꽃이든, 행복꽃이든, 희망꽃이든 그건
각자의 몫 입니다.

화창하게 봄볕 좋은 정오, 사방에 흐드러지게 피어있는 봄꽃들은 얼마나 아름답습니까.

그때 봄의 아름다움을 마음껏 즐기면 됩니다.

그러니 지금의 겨울을 아파하기보다 봄을 준비하고 봄의 희망을 노래해야 합니다.

사랑을 이야기 하고, 예술을 만들고, 미래를 꿈꿔야 합니다.

결국 어느 순간 지나갈 엄혹한 현실에 마냥 아파하고만 있기에는..

우리 삶이 너무도 아깝지 않은가..

우리 삶은 너무도 소중하지 않은가..

약초의 효능과 사람의 인생에 대해..

산 약초를 캐는 사람으로부터 약초의 효능에 대해 들었습니다. 척박한 환경에서 자란 약초일수록 그 효능이 크고 강하다는 것 입니다. 처한 환경이 지독할수록 그 독한 환경을 극복하고 살아남으려 점점 내성이 강해집니다. 강해진 내성은 그 약초만의 특별한 성분이 되고 그 성분이 큰 효능으로 작용하는 것입니다.

예를들면 절벽 틈에서 자란 약초는 강한 바위틈에서 살아남기 위해 뿌리가 지독하게 튼실해질 수밖에 없습니다. 게다가 물이 부족하니 작은 물로 살아남으려 질기고 질긴 생명력을 가진 약초로 성장하게 됩니다.

또, 같은 종의 약초끼리도 양지에서 자란 것과 음지에서 자란 것이 효능이 다릅니다. 양지는 햇볕이 넉넉하지만 음지에서 자란 약초는 부족한 햇볕만으로 자신을 끈질기에 지키다보니 자연스럽게 보다 독한 성분을 가진 약초가 됩니다.

그래서 산세가 험준하고 계절 변화가 뚜렷하여 온도 차가 크게 나는 곳일수록 좋은 약초가 많이 자라고 완만하고 좋은 토질에서 자란 약초는 그에 비해 효능이 떨어집니다. 같은 삼이라할지라도 척박한 땅에서 겨울 눈보라와 찬바람을 온 몸으로 견디고 자란 산삼이 사람의 손길을 타고 자란 인삼보다 삼 고유의 성분이 더 크고 강한 것도 그 때문 입니다.

마찬가지로 더덕이건 도라지건 칡이건 간에 대부분 척박한 환경에서 캐낸 약초일수록 갈아내면 머금고 있는 뿌리의 액이 진하고 그 맛이 강합니다. 이렇게 강한 성분을 가진 약초를 사람이 섭취하면 그에게서 부족한 부분을 약효로 보완해주기에 더 건강해지거나 아픈 곳이 치료되는 것 입니다.

즉, 지독한 시련을 주는 척박한 환경이 그 식물에게는 큰 고통이었었지만 바로 그 때문에 고통은 모진 생명력이 되고, 그 생명력은 약효가 됩니다. 그리고 산 속에 존재감 없이 사라져 버릴 수도 있었던 그 생명은 약초로 재탄생 하게 된 것입니다.

이제 그 생명은 단순한 식용 풀뿌리나 잡풀이 아니라 약초가 되어 누군가의 아픔을 치료하고 건강하게 만들어 줍니다. 그렇게 이름 없는 풀뿌리는 지독한 고통 때문에 강해지고 그 고통은 약효로 거듭나 세상 사람들에게 행복과 위로가 되어준 것 입니다.

자신의 고통을 자기 속의 아픔으로만 끝내지 않고, 자기만의 특별한 효능으로 녹여내어 그 생명을 더 의미 있고 가치 있는 존재로 거듭난 것입니다.

++++++

사람의 삶 또한 마찬가지 입니다. 수많은 사람들이 이런저런 고난과 시련으로 아파합니다. 끝내 그 고통을 참지 못하고 슬퍼하고 절망 합니다. 이런 삶의 힘겨움을 알기에 모두들 더 편하게 살길 원하고 더 행복하게 살기를 원합니다.

물론 저도 압니다. 그렇게 편하게 살고 행복하게 살아야 하는 것이 옳다는 것을... 하지만 그렇게 편하고 행복하게 살려 해도 안 될 때가 많은 것이 세상살이입니다.

불우한 환경에서 태어난 사람이 행복한 삶을 사는 것은 얼마나 지독하게 어려운 일입니까. 부족한 재능을 갖고 태어난 사람이 탁월한 재능을 갖고 태어난 사람과 경쟁해야할 때 그를 따라간다는 것이 얼마나 힘든 일입니까.

그래서 너무 가난하게 태어나서, 너무 부족한 재능으로 태어나서, 너무 키가 작게 태어나서, 너무 못생기게 태어나서, 너무 우울한 성격으로 태어나서, 너무 욕심만 많게 태어나서, 너무 열등감만 갖고 태어나서, 또 기타 여러 가지 부족한 무언가 때문에 우리 삶은 아프고 힘듭니다.

그것을 극복하려 노력해도 쉽게 극복되어지지 않다보니 자신의 한

계를 느끼며 포기하거나 좌절하게 됩니다. 많은 사람들이 그렇게 고난과 실패와 절망으로 삶의 희망을 포기하고, 꿈을 잃어버리고, 이름 없는 사람으로 살아갑니다.

이것 역시도 압니다. 그렇게 희망을 포기하거나 꿈을 잃어 버렸다는 것이 그동안 얼마나 힘든 삶을 견뎌왔다는 것을 의미하는 건지... 또 그런 삶을 견디며 산다는 것이 얼마나 아프다는 건지...

하지만 말하고 싶습니다. 나 역시 그렇게 척박한 환경을 견뎌왔기에 말하고 싶습니다. 아직도 그렇게 견디고 있기에 말하고 싶습니다. 비록 고난과 시련의 시간이 길지라도 그래도 포기하지 말라고... 지금껏 건너 왔는데 그냥 포기하기에는 삶이 너무 아깝지 않느냐고...

이미 고통은 내성이 되었고, 그로인해 더 강하고 큰 사람이 되었다고. 좀 더 견디면 그 약초들처럼 고통의 내성은 더 큰 효능을 발휘 할 거라고. 그래서 더 좋은 약효를 가진 사람이 되어 다른 누군가에게 꼭 필요한 존재가 되고, 치료가 되고, 행복이 되고, 위로가 될 거라고...

비록 힘들고 어렵더라도 닥쳐오는 시련을 내성으로 극복하고 내 속에 더 나은 효능, 더 나은 나 자신으로 녹여내야 한다고... 그 때까지 좀 더 참고 견디라고. 이렇게 고통을 견뎌내라는 말이 얼마나 가혹한 것인지는 알고 있습니다. 하지만 이것은 '시련을 참고 나는 성공을 해냈으니 너도 해내라'는 식의 성공한자의 교만한 가르침이 아닙니다.

나 역시 세상이 불평등하고 불공정한 것을 충분히 알고 있습니다. 하지만 더 먼저 고통을 겪은 사람으로서 그래도 포기할 수 없는 '소중한 내 삶'을 지켜내야 하는 이유를 말해 주려는 것 입니다.

그래서 세상의 모순과 아픔을 무조건 받아들이라는 것이 아닙니다. 세상의 차별과 허위에 맞서다 시련이 닥칠지라도 그 고난을 견뎌내야 할 '위대한 인생'의 이유를 말해 주려는 것 입니다.

억울한 운명과 모순된 세상의 혹독함을 견뎌 끝내 나만의 뿌리를 지켜내고 만들어 내는 것이 생명이 가진 가치라고. 생명이 이 땅에 태어난 의미라고. 바로 그것이 그 누구에게도 가장 소중한 '내 삶'을 위하는 방법이라고...

'성공' 때문이 아니라 고난의 시기를 견뎌내야 내가 내 삶을 잃어버리지 않기에. 그것을 넘어서야 비로소 내 삶은 진정한 내 것이 되기에... 그 힘든 고행의 세월을 끝내 견뎌내라고 말 합니다.

이것만으로 만족할 수는 없지만
이것으로도 만족 합니다

잘 생겼건 못 생겼건.. 키가 크건 키가 작건..
능력이 있건 능력이 없건.. 돈이 많건 돈이 적건..

그래도 한사람을 만나 사랑을 하고..
눈물, 콧물 닦아주고..
하하호호 푼수 떨며..
그동안 지친 다리를 주물러주며..
그렇게 하루의 휴식을 함께 한다면 그것으로 괜찮습니다.
그것만으로도 삶은 행복한 것 입니다.

이것만으로 만족할 수는 없지만.. 이것으로도 만족 합니다.
더 성공하고 더 잘 살면 좋겠지만..
더 많은 사람들의 삶의 눈물과 고통을 알기에 그래도 이것으로 만족
합니다.

겨우 그 정도뿐인 삶으로 행복하느냐 남들은 비웃을 수도 있겠지
만..

그래도 최선을 다했기에.. 이것으로 당당 합니다.

눈물어린 삶 속에서도 희망을 노래하고..
다른 많은 이들의 삶을 위로했던 그 삶들을 알기에..
건강하게 일 할 수 있고..
가슴으로 글을 쓴다는 그 자체만으로도..
이 순간을 만족 합니다.

누군가의 고통을 댓가로 겨우 나 하나 좀 더 편안히 사는 것이 세상의 성공인 것을..
좀 더 배불리 사는 것이 무엇이 그리 자랑스러운 건지..
어쩔 수 없는 선택이라 이해할 수는 있어도 자랑할 만큼 대단한 일은 못 되는 것..

그래서 나대로의 성공을 진짜 성공을 그 길을 가야 합니다.
다른 사람의 눈물을 외면하고 아픔에 고개 돌리는 복불복 성공을 하느니..
조금 늦더라도.. 조금 더 힘들더라도.. 그 눈물을 닦아 주고 위로 하는 삶을 살아야겠지요.

그들이 눈물어린 삶 속에서도 희망을 노래하고 더 큰 위로를 보여 주었듯이..
지금 이렇게 글을 쓴다는 것 자체만으로도..

이것으로도.. 만족 합니다.

이것만으로도.. 행복 합니다.

첫 번째 이야기 : 그냥 그대로도 괜찮습니다.

아직도 여전히 기다리고 있는 내 인생의 별..

저 하늘에 수많은 별이 있고, 그 별들에게는 저마다의 간절한 사연이 있습니다.

★☆ 별 사연 1

평생을 가난과 무명의 고통을 견디며 살던 50대 중반의 무명 작가 '세르반테스'에게는

"이룰 수 없는 꿈을 꾸고 이룰 수 없는 사랑을 하고 견딜 수 없는 고통을 견디며 닿을 수 없는 저 하늘의 별을 따자"는 간절한 인생의 소망이 있었습니다.

그리고 결국 그의 나이 58세가 되어서야 '돈키호테'라는 명저로 별이 되었고, 이제는 결코 포기할 수 없는 정의와 진실에 대한 '도전의 별빛'으로 세상을 비추고 있습니다.

★☆ 별 사연 2

동생에게 빌린 돈을 갚지 못하면 자신의 영혼이라도 주겠다는 37세의 지독하게 가난했던 화가, 그래서 늘 '물질적인 어려움에 대한 생각'

에 빠져있어야 했던 화가, 처절하리만치 고독하고 외로우면서도 그래도 '색에 대한 탐구'로 '색채를 통해서 무언가 보여줄 수 있기를 바라지만 그 누구도 단 한점의 그림도 사주지 않았던 '고흐'라는 무명 화가.

그런 삶이 너무 힘겨워 '차가운 냉담만을 던져준 세상과의 연결 고리가 끊어'져야 비로서 "고통만이 가득 찬 내 영혼이 자유로워지는 것 같아."라며 눈물겨운 호소를 하던 너무도 아픈 삶을 살던 무명 화가는 별이 되고 싶었습니다.

그리고 "난 하늘의 별이 되고 싶어. 나처럼 외로운 영혼에 한줄기 희망의 빛을 던져 주고 싶다"라는 소망처럼 결국 그는 순수한 예술의 열정과 영혼의 자유를 상징하는 가장 위대한 화가이자 세상에서 가상 밝은 별이 되었다. 이제 '고흐'가 그린 '노란 별'은 영원히 우리의 가슴속에 변치 않는 희망으로 빛나고 있습니다.

★☆ 별 사연 3

한 국가의 권력을 장악하는 혁명을 성공하고도 또 다른 혁명을 위해 미련 없이 그곳을 떠나 전혀 낯선 나라의 밀림 속에서 새로운 혁명을 꿈꾸던 사람.

하지만 마지막 남은 16명의 대원들과 함께 정부군에 의해 포위되고 자신과 함께 마지막으로 남은 혁명 동지들을 포위망을 뚫고 탈출케 하고 스스로는 결국 총탄에 맞아 체포된 사람. 그 다음날 그는 서른 아홉의 나이에 총살되고 그 자유에 대한 열정적인 생을 마감 합니다.

그래서 이제30년이 더 지난 지금 '체게바라'로 불리기 보다는 단지 '체'로 불리며 우리들에게 총을 들었지만 너무도 친근한 사람, 밀림의 게릴라 혁명가이기 보다는 시인이었고 늘 소년적 순수함을 갖은 사람. 미완의 혁명가로 늘 현재진행형의 삶을 살았던 감성주의자.

혁명에 성공 했기 때문이 아니라 성공한 혁명을 뒤로 하고 또 다른 혁명을 위해 꿋꿋이 떠났기에 더더욱 존경 받는 사람. 그 사람의 상징이 되어버린 베레모와 별 마크.

이제 그 베레모는 자유의 상징이고 그의 이마에 새겨진 별 마크는 희망의 상징이 되었습니다. 이렇게 그 역시도 대중들의 가슴 속에 포기할 수 없는 목표가 되었고, 영원히 지지 않는 별이 되었습니다.

++++++

이제 사람들은 자신에게 묻습니다. 무엇을 위해 사느냐?
그럼 과연 나는 무엇을 위해 사는 가. 무엇을 위해 살아 왔는가.
그렇습니다. 저 역시도 내 인생의 별을 보고 살아왔습니다.
세르반테스가, 고흐가, 체게바라가 별이 되고 싶었고 결국 아름다운 별이 되었듯이 저 역시 나 만의 별이 있었고 그 별을 보고 그곳으로 가려고 지금껏 살아왔습니다.

비록 그 별은 지금 너무 멀리 있고 아득히 먼 곳에 있지만 언젠가 반드시 그곳에 도착할 수 있을 거라 믿기에 결코 포기하지는 않습니다.

저는 그 별빛들이 그렇게 수십 광년을 달려 지구에 도착했듯이 저역시 온 인생을 달려 그리로 갈 것입니다. 그런 평생을 바친 간절한 소망과 열정이라면 결국 그 곳에 도착하리라 믿습니다.

이미 오래 전에 별이 된 그들도 고통과 외로움에 시달렸고 고독과 쓸쓸함에 눈물 삼켰듯이 나 역시 그런 긴 시간을 견뎌야 할 것 입니다. 그러나 별빛이 어둠 속에 더 빛나듯이 그들 역시도 그런 아픔이 있었기에 더 맑고 밝은 별이 되었습니다. 그렇기에 내가 감내해야 할 어둠의 시간들노 기꺼이 선뎌낼 것이고 셜코 희망을 포기하지 않을 것 입니다.

칠흑처럼 어두운 밤 저 하늘의 별을 보고 갈 길의 방향을 잡아 그리로 가듯
나 자신의 가슴속에, 나 자신의 인생을 지켜주는 별을 보고 그리로 갑니다.

그래서 별을 꿈꾸고 별을 동경한 그들이 결국에는 또 누군가에게 별이 되었듯이 저 역시 언젠가 누군가에게 그런 작은 위로와 용기와 희망의 작은 별이라도 될 것 입니다.

그 별이 크건 작건 그것으로 만족할 것 입니다. 시련과 고통의 시간을 견디고 달래며 그 고통이 다른 누군가 몇몇에게만이라도 위로와 희망이 될 수 있기에 참고 견뎌 갈 것입니다.

누군가는 천재로 태어나 십대, 이십 대에 대중들에 열광을 받는 별이 되기도 하지만 모두가 그렇게 빠르고 쉽게 별이 될 수는 없습니다. 그런 빠른 별은 이미 어른이 되었지만 아직도 꿈을 포기 못하는 평범한 사람들에게 용기가 되지는 못할 것입니다.

그래서 비록 수 십 년이 걸리더라도 절대 포기하지 않고 도전하여 끝내 별이 된 사람.
그런 평범한 별로 아직 성공하지 못한 그런 평범한 사람들에게 희망이 될 수 있다면 그런 별도 소중 합니다.

나보다도 더 힘들었고 나보다도 더 평범했고 나보다도 더 오랜 시간이 걸려 별에게로 간 사람.
그런 사람이 있다면 그 사람은 분명 재능이 부족한 누군가에게 이미 나이가 많이 든 누군가에게 오래도록 성공하지 못하고 방황하는 누군가에게 분명 따뜻한 용기와 위로가 될 것 입니다.

초저녁부터 밝게 빛나는 별, 아주 위대한 별, 커다란 별, 가장 밝은 별이 되지 않아도 그렇게 천천히 뜨는 별, 그래서 가장 마지막까지 사람들과 함께하는 별이 된다면 그 별은 비록 늦게 빛나기 시작하지만 그것만으로도 충분히 사람들에게 소중한 빛이 됩니다.

또한 별은 단지 존재하는 것만으로도 아름답기에 꼭 그 별을 따지 않아도 좋습니다.

그런 별을 꿈꿨고 그런 희망을 보았다는 것만으로도 별은 아름다운 거다. 하지만 그래서 그곳으로 가는 것 입니다.

별이 그곳에 빛나고 있기에 그곳으로 가는 것입니다.

그래서 그것만으로도 별이 되는 것 입니다.

오래도록 밝게 빛나지 않는 별도 있습니다. 바로 그런 것이 작은 별이고 우리가 소원을 비는 별똥별 입니다. 결국 작은 별이지만 또 누군가는 소원을 빌고 있는 것 입니다.

그것만으로도 위로와 용기와 희망이 될 수 있는 거고 그것조차도 소중함이 될 수 있는 것 입니다.

학창시절, 그 별을 보고 지금껏 그 곳을 향해 참고 견딘 시간이 이미 30년이나 지났습니다.

조금만 더 가면 됩니다. 긴 행군을 하듯 시작은 이쯤이지만 가고, 또 가면 어느덧 절반을 돌 거고, 그 절반을 돌면 지금껏 온 것만큼만 되돌아가면 목적지에 도착하는 것 입니다.

비록 한 발짝, 한 발짝 숨이 턱턱 마르는 견딜 수 없는 시간이고

타는 목마름으로 흐르는 눈물조차 삼켜버리는 고통의 시간들이지만 그렇게 조금만 더, 조금만 더 그리로 가면 결국 그곳에 도착하게 됩

니다.

오늘도 여전히 별은 빛나고 있습니다.

그리고 나에게 이리 오라고 말하고 있습니다. 끝까지 그 곳에 기다리고 있다고 말하고 있습니다.

지금껏 그랬듯이 이를 악물고 조금만 더 참고 또 그렇게 갑니다.

더 험난하고 어려운 순간들도 무사히 잘 견뎠고 조금 더 참으면 되는데 무엇이 그리 힘겹겠습니까.

고통조차도 삼켜버리는 마음으로 또 그렇게 가면 되는 것 입니다.

모진 시련의 시간 속에서도 결국에는 앞으로, 앞으로 저기 저 희망의 별을 향해 걸어왔고 헤처 왔습니다.

내 인생의 별은 늘 그렇게 나를 기다리고 있습니다.

그래서 저는 그리로 갑니다. 또 그래서 저 역시 결국 별이 될 것 입니다.

희망의 별이 될 것 입니다.

우리 인생의 별들은 늘 그렇게 우리를 기다리고 있습니다.

그리고 묻습니다. 지금 너는 어디야?

이리로 잘 오고 있는 거지?

그래도 당신이 좋습니다
여전히 이런 그 사람이 더 좋습니다..

그래도 사랑이 먼저 입니다.
결국 삶은 사랑 입니다

긴긴 갈등과 시련의 세월 덕분에 이제야 알게 되었습니다.

이제는 먼저 원망하기 보다는 칭찬하며 살고, 미워하기보다는 사랑하며 살기.

나쁜 사람을 보기 보다는 착한 사람을 먼저 보고,

싫은 사람을 보기 보다는 좋은 사람을 먼저 보기.

아무리 미워해도 변치 않는 것이 세상, 아무리 싫어해도 변치 않는 것이 세상.

안타깝게도 선이 있어 악이 있고, 악이 있기에 선이 있으므로

악에 맞서는 것도 좋지만 먼저 선에 편에서 함께 하기.

차별에 맞서는 것도 중요하지만 먼저 차별 받는 사람들과 함께 하기.

불의에, 편견에, 위선에, 비겁에, 억압에 맞서는 것도 좋은 일이고 꼭 필요한 일이지만

먼저 그로 인해 고통 받고 힘들어 하는 사람들과 함께 하기.

그래서 작은 용기와 위로와 도움이라도 된다면 그것으로 만족하기.

이제는 그 무엇보다 먼저 사랑 편에서 살기, 사랑만하며 살기.

그렇게 사랑하는 것만으로도 부족한 것이 삶이고,

또, 그것이 인생이기에 그 무엇보다 먼저 사랑부터 하고 살기.

누군가 세상 속에 사람과 함께 산다는 것의 의미를 묻는다면

최소한 내게는 누군가에게 '맞서기'보다 누군가와 '함께 하기'가 '먼저다'라고 답할 수 있도록 살아가기.

도대체 왜 그러느냐 묻는다면

인류 역사 수 만년 동안 늘 인간 본성은 악함이 함께 했기에 그로 인해 고통 받는 사람들이 대다수였고,

비록 세상은 꾸준히 진보 되어 왔지만 그 속에서도 여전히 소외되고 무시 받는 사람들이 절대 다수였습니다.

인간의 이기심이 사라지지 않는 한 절대 그런 차별과 악행은 사라지지 않고 그런 차별과 악행에 시달리는 사람들 역시 사라지지 않을 것입니다.

그래서 지금껏 그렇듯 저기 버려진 사람들의 눈물은 1만년 전에도 그랬듯 1만년 후에도 여전할 것입니다.

안타깝게도 인간사는 유쾌하게 웃는 사람들의 즐거운 만찬을 위해 반드시 누군가는 고통의 식탁을 준비할 것입니다.

그런 것들이 부당하고, 불평등하다고, 억울하다고 아주 오래 전부터 수많은 사람들이 정의를 세우려 맞섰지만 그들이 정의를 세운 순간에도 여전히 그런 부당함과 차별 받아야 하는 자들은 여전히 존재했고 그들의 아픔은 변치 않았습니다.

그런 세상을 미워하고 원망하고 증오했지만 또 그렇게 굴러가기에 그런 부당함을 인정하는 것이 아니라 차라리 더 급하고 아픈 사람들에게 더 소중한 곳에 먼저 힘을 쏟는 것이 옳은 것이 아닐까요.

이제 나는 인간 마음속에는 악함이 영원하기에..
지금 내 곁에 사랑 받지 못하는 누군가가 있다면 먼저 바로 그와 함께 하기로 했습니다.
먼저 그들과 함께 하고 그것들을 우선하며 살아가기로 했습니다.

지금 여전히 함께 해주는 것만으로도, 몇 마디의 따뜻한 대화만으로도, 작은 관심만으로도, 약간의 배려만으로도 잠시나마 웃음 지을 수 있는 사람들이 있습니다.

그래서 삶은 사랑이었고, 그래서 사랑은 아름다웠습니다.
또, 그래서 지난 모든 사랑하는 삶들이 아름다웠듯이 우리 모든 삶의 사랑 역시도 아름다울 것입니다.

이제부터는 맞서기 보다는 먼저 함께 하기로 살고 싶습니다.

역시나 그것만으로도 부족한 삶이기에 이제는 그 무엇보다 먼저 사랑 편에서 살기, 사랑 먼저하며 살기.

그것만으로도 삶의 시간들을 채우기에는 충분하고 벅찹니다.

그래서 이젠 사랑이 먼저로 살아가기로 했습니다.

비로소 그것이 인생이라고 믿으려 합니다.

결국 삶은 사랑입니다. 사랑이 먼저입니다.

홀씨를 떠나보내는 '들꽃'처럼 살아가지만..

가슴에 품은 홀씨를 바람에 날려 보내면..
더 이상 날려 보낼 것이 없기에 결국 빈 꽃망울만 남는 들꽃처럼..
그렇게 처연하게 살아가는 사람.

애초에 그리 내세울 것도 보여줄 것도 없는 들꽃 같은 사람..
홀씨를 바람에 날려 보내야만 겨우 남들이 한번씀 바라봐 주는 운
명..
그런데 별 재주도 아닌 그것조차도 사실은 간신히 채운 자기 자신을
떠나보내야만 하는 아픈 일들..

또 그래서 그렇게 떠나보낸 만큼 또다시 채우려면 힘들고 아파해야
하는 그런 숙명은..
도대체 어디서 온 것이더냐.. 도대체 무엇 때문이더냐..

늘 떠나보내기에 항상 빈 가슴으로 홀로 남겨지게 되는 사람..
그래서 외로움마저도 비워 버려야 하는 쓸쓸한 사람,.

남들은 민들레 홀씨처럼 자유롭게 살고 싶다 말하기도 하지만..
그 자유가 주는 서늘함과 서러움과 외로움을 모두 알지는 못하지..

그래, 한때는 모든 것으로부터 자유롭고 싶어서.. 억지로라도 비움을 택하며 비워짐을 원했었지만..
하지만 그건 '포기'인건지, '비움'인건지.. '자유'인건지, '외면'인건지..
쉽게 답을 찾지 못하고 세월은 지나갔지만..

하지만 아직도 '포기'는 아니라고 믿고 싶습니다.
아직 이렇게 쓰고 있기에..
아직도 좋은 사람이 그립고, 고운 글을 읽고, 아름다운 음악을 듣고, 멋진 그림을 보며..
눈물 흘릴 감동이 남아 있기에..

아직도 이렇게 살아남아 있기에..
오늘 비록 '흐림'이지만 아직 깨어 있음이라 믿으며..
고작 홀씨를 떠나보내는 들꽃 같은 능력이지만 이렇게 포기하지 않고 살아갑니다.

비바람을 견디고 눈보라를 참으며.. 그래도 내일은 '맑음'이라 믿으며 살아갑니다.
그렇게 들꽃처럼 살아갑니다.. 그렇게 사는 것이 들꽃 같은 인생입니다.

87

비록 들꽃 같은 내 인생의 존재감은 작은 바람에도 흔들릴 만큼 한 없이 가볍기만 하지만..

나이 듦은 무겁기만 하고.. 살아감은 엄하기만 하지만.. 그러나 또 믿습니다.

그 무엇보다 진한 사람의 진실을 믿습니다. 평범함의 소중함을 믿습니다.

비록 눈에 띄지 않더라도 들꽃처럼 진실한 그 삶이 결국 옳았음을..

끝내 그것이 아름다웠음을..

"민들레를 사랑한 당신에게.."

내 삶에 날지 못한다는 사실은 늘 아픔이고 그리움이었지.

일찍부터 혼자된 외로움에 늘 사람들이 그리웠고..

저 멀리 가고 싶었지만, 저 멀리 날아갈 날개가 없는 내 자신이 서럽고 아팠었지.

그래서 함께할 누군가가 그립고..

더 높이, 더 멀리 날아가고픈 동경심은 잊을 수 없는 그리움이고 간절한 소망이었지.

그런 마음은 세월이 지나고, 또 지나도 변하지 않더군.

얼마나 더 많은 시간이 지났을까..

그런데 어느 날 문득 그런 생각이 들더군.

고작 날아봐야 바람에 실려 날려질 뿐인 민들레 홀씨 같은 들꽃처럼..

지금까지의 내 인생도 그러하지만..

지금까지의 내 인생이 그러하기에..

이런 민들레 같은 나를 사랑해주고 이해해주는..

'양지꽃'처럼 고운 들꽃.. 당신을 만났다고..

순수한 들꽃처럼 착하디착한.. 당신을 만났다고..

비록 민들레 홀씨 같은 날개조차 없지만 또 그래서 언제나 함께 할 수 있는 당신을..

햇볕 좋은 양지에 사이좋게 마주앉아 아웅다웅할 당신을 만났다고..

그래서 내가 아직 날지 않아도 행복하다고.. 행복할 수 있다고..

또, 그래서 아직 나는 날 수 있다고..

당신이 믿어주고 기다려주기에 난 결국 날 수 있다고..

끝내 멋지게 날아 보일 거라고.. 그래서 당신에게 더 가까이 다가갈 거라고..

'양지꽃' 당신 얼굴 위에 사뿐히 내려앉아 사랑하는 내 마음을 전해 줄 거라고..

그래서 당신의 노란 그 꽃잎이 더 활짝 웃을 수 있도록..

꼭 행복하게 해줄 거라고..

알겠니.. 내 사랑, 당신..

이런 그 사람이 더 좋습니다

나는 정이 많은 그 사람이 좋습니다..

남들은 그를 푼수처럼 말 많은 사람이라 오해하기도 하지만..

그래도 왠지 차가운 사람보다는 정이 많아 푼수 같은..

그 사람이 더 좋습니다.

나는 마음 여린 그 사람이 좋습니다..

뒤돌아 쉽게 헤어지는 사람 보다 차마 돌아서지 못하는 그 사람..

남들은 너무 흐릿하다 타박하기도 하지만..

그래도 냉정한 사람보다는 여린 마음 때문에 미련도 많은..

그 사람이 더 좋습니다.

나는 눈물 흘릴 줄 아는 그 사람이 좋습니다..

비록 다른 사람의 아픔일지라도 함께 공감할 줄 아는 진실한 사람이기에..

남들은 그저 너무 감성적인 나약한 사람이라고 한심해 하기도 하지만..

그래도 함께 공감하며 아파할 수 있기에 함께 안아주며 울어주고 눈물 흘리는..

하지만 그 눈물 그치면 주위 사람까지 밝아지도록 환하게 웃어주는 그 사람..

그 사람이 더 좋습니다.

나는 져줄 줄도 아는 그 사람이 좋습니다..

반드시 이기려고 하기 보다는 졌을 때의 그 쓰린 마음을 이해하는 사람이기에..

이길 수도 있지만 굳이 이기려하기 보다는 그냥 함께 나눈다는 마음으로..

슬쩍 져줄 수도 있는 너그러움을 가진 사람이기에 지면서도 이길 줄 아는..

그 사람이 더 좋습니다.

나는 멋과 낭만을 가진 그 사람이 좋습니다..

혼자일 때는 차 한 잔의 여유와 음악이 있는 풍경을 즐길 줄 아는 낭만 있는 사람이기에..

함께 할 때는 다정히 술잔을 마주하며 풍류를 나눌 줄도 아는 삶의 멋을 아는 사람..

그래서 혼자만의 고독과 사색도, 함께하는 재미도 즐길 줄 아는 여유로운 사람..

그 사람이 더 좋습니다.

나는 기쁠 때보다는 슬플 때 더 함께하는 그 사람이 좋습니다..

누군가 강자가 되었거나 성공하였을 때의 그 기쁨과 환희 보다는..

누군가 약자가 되었거나 실패하였을 때의 그 슬픔과 아픔을 위로해 주는..

샴페인을 함께 터트리기 보다는 소주 한 잔을 나눌 줄 아는 진짜 의리를 가진 사람..

그 사람이 더 좋습니다.

나는 가슴으로 사는 그 사람이 좋습니다..

머리로 생각하기 보다는 가슴으로 느끼며 행동하기에 양심과 정의에 편에 서는 사람..

남들은 아직 세상 현실을 모르는 철부지라고 냉소를 보이기도 하지만..

그래도 머리 좋은 사람보다는 뜨거운 가슴으로 살아가기에 더 정의로운..

그 사람이 더 좋습니다.

나는 자신만의 삶의 가치를 알고 자기 길을 가는 그 사람이 좋습니다..

남들이 부귀영화를 따르며 명함 과시하고, 재산 자랑할 때 그것을 인정해주면서도..

그들을 뒤 쫓기 보다는 자기만의 꿈을 찾아, 자기만의 삶의 의미를 찾아 가는 사람..

그래서 남들이 인정하든 말든 그냥 삶의 가치와 자유를 누리며 자기 길을 가는 사람..

그 사람이 더 좋습니다.

나는 사랑할 줄 아는 그 사람이 좋습니다..

작은 일에 감동하고.. 따뜻한 배려가 있는... 그래서 더더욱 인간적인 사람..

아픔에 손잡아 주고.. 슬픔에 안아줄 수 있는.. 사람에 대한 연민이 있는 사람..

사람과 사람으로, 사람과 함께 하는 언제나 착한 그 사람..

그 사람이 더 좋습니다.

그렇습니다.

나는 사람 좋은 그 사람이..

사랑하며 사는 그 사람이 더 좋습니다.

능력 있고, 똑똑하고, 화려하고, 돈 많고, 힘 있고, 잘 생기고, 이름난 사람들로 넘쳐나는 세상이지만.. 이상하게도 점점 외롭고 힘들고 아프고 혼자인 사람들이 늘어나는 현실 속에서..

강하고, 높고, 세고, 크고, 대단하기 보다는..

비록 약하고, 낮고, 여리고, 작고, 평범할지라도..

오직 사람 그 자체를 보고 사람을 위할 줄 아는..

착하고 평범한 그 사람이 더 좋습니다.

인정 많고, 미련 많고, 눈물 많고, 슬퍼할 줄 알고, 가슴으로 함께할
줄 아는..

그 사람이 더 좋습니다.

그래서 따스한 용기와 훈훈한 위로와.. 새로운 희망을 나누어주는
사람..

그래서 감동이 되는 그 사람이 더 좋습니다.

외롭고, 힘들고, 아프고, 괴로울 때 함께해줄 수 있는 사람이기 때문
이라서가 아니라..

사람 냄새 나는.. 사람다운 사람이기에..

그 사람이 더 좋습니다.

그냥 그런 사람이기기에 더 좋습니다.

그냥 더 좋습니다.

그냥..

더..

'미운 오리새끼'의 친구가 되어준 당신에게..

살면서 누구나 자신이 이방인 같다는 생각을 했던 적이 있을 것입니다.

아무리 열심히 살아도 세상과 어울리지 못하거나 세상에 버려진 것 같은 느낌을 가질 때가 있습니다.

그럴 때면 한번쯤은 어린 시절 읽었던 '미운 오리 새끼'라는 동화를 떠올릴 섯입니다.

세상 속에 산다는 건 사람을 참으로 외롭게 만듭니다.

특히 각박한 현실을 살다 보면 아무도 자신을 이해하거나 위로해 주지 않고 온통 적으로 둘러 싸여 있는 것 같은 상황이 있습니다.

특히 요즘처럼 치열한 생존경쟁에서 살아남으려면 주변의 동료들이 모두 자신의 경쟁자이며 적으로 자신을 옭죄어 올 수가 있습니다.

그건 직장생활이건 그 어디건 모두 그렇게 혹독한 경쟁이긴 비슷합니다.

그리고 그렇게 서로를 옭죌 수밖에 없는 서로간의 처지도 이해가 됩니다.

누군가가 떠나야 자신이 살아남고, 누군가 버려져야 자기가 그 자리에서 버틸 수 있으니까요.

여기 그런 경쟁 속에서 스스로 '미운 오리새끼'가 되어 버려진 한 사람이 있습니다.

그는 어린 시절에도 그렇게 '미운 오리새끼'처럼 버려졌었습니다.

그래서 늘 자신의 문제를 스스로 선택하고 스스로 해결 하며 살아왔습니다.

그 선택은 틀릴 때도 많았으며 힘거운 선택일 때도 많았습니다.

문제가 해결되지 않거나 더 큰 어려움에 처 할 때도 있었습니다.

그래도 삶은 누구에게나 결국 살아지듯이 그는 그렇게 견디며 살아왔습니다.

때론 혼자라는 외로움에 습관적인 슬픔에 빠지기도 했었지만..

그나마 다행스럽게도 그런 어려움 속에서도 꼭 소중한 친구가 생기곤 했습니다.

그 무슨 운명인지 마지막 순간까지 내몰리는 상황이면 꼭 누군가 그를 지켜 주거나 힘이 되어주고는 했습니다.

너무도 희한하게 그가 세상 벼랑 끝에 홀로 서게 되면 누군가가 아주 뜻밖으로 나타납니다.

그래서 그는 자신의 힘든 삶에 그나마 타고난 복이 있다면 그런 인복人福이 아닐까라고 생각 합니다.

 그냥 단순한 만남이나 인연이 아니라 너무도 극적인 도움이라 감히 '숙명적인 만남이 아닐까'라고도 생각 됩니다.

 그런 그도 어느덧 직장인이 되고 평범하지 않은 운명 탓인지 직장생활에서도 동료들보다 훨씬 큰 굴곡을 겪습니다.

 그 때마다 절대 평범한 직장생활에서는 경험 할 수 없는 매우 극한 상황에 처하게 됩니다.

 그러나 또 그동안 살아 온 것처럼 극적인 인연으로 사람들을 만나게 되고 그들은 그를 지켜 줍니다.

 그러던 그는 직장 생활을 만으로 십 년을 꽉 채우던 날에 이제는 떠나야 할 때가 되었다는 생각을 하게 됩니다.

 사실 계산적으로 따지고 보면 그냥 그대로 있는 것이 편하고 안정적입니다.

 일은 이미 익숙해서 별 어려움이 없었고, 관계되는 사람들도 안면이 있는지라 생활에 불편함이 없었습니다.

 하지만 떠나야만 했습니다.

 굳이 나가야만 하는 이유를 말한다면 이렇습니다.

 우선 무엇보다도 가장 큰 이유는 해마다 반복되는 인원감축 문제 입니다.

55명에서 시작된 같은 부서원들은 어느덧 16명만이 남았습니다.

몇 년전부터 시작된 인원감축은 이제 연례 행사가 되어 버렸습니다.

이미 지난 추석 때에도 세 명의 동료가 부서를 떠났습니다.

그렇다고 그들이 명퇴금을 받거나 위로금을 받은 것은 아니고 그냥 퇴직금만을 받고 떠났을 뿐입니다.

차라리 명퇴를 받거나 정리해고를 하는 회사는 그래도 인간적인 회사입니다.

회사는 아예 그 돈 마저도 아까워 그가 스스로 나가게끔 유도를 합니다.

전혀 낯선 곳으로 전배 발령을 하거나 보직을 변경 합니다.

그러면 그 정도 불편함을 주고 눈치를 주면 알아서 나가야 합니다.

이렇게 되면 버티며 '더 험한 꼴 보기 싫어서'라기 보다는 스스로에 대한 자괴감 때문에라도 포기하게 됩니다.

항상 인원감축 이야기만 나오면 부서 분위기가 어수선 합니다.

어쨌든 자신만은 살아남아야 하기에 은근히 누군가가 나가기를 바라는 비루한 눈치 경쟁이 시작 됩니다.

게다가 간부들은 이런 상황이 된 것을 부서원들에게 미안해하기 보다는 은근히 즐기는 눈치입니다.

마치 앞으로 더 말을 잘 들어야만 당신을 이번에 살려 주겠다는 태도입니다.

부서원들과 인원감축에 대한 개별 면담이라도 하게 되면 그 동안 쌓인 불만을 늘어놓습니다.

앞으로 그런 모습을 보이지 말아야 살려 주겠다는 뜻을 넌지시 건네며 충성을 맹세 받습니다.

그렇게 해서 결국 누군가가 밀려 나가면 동료들은 '그가 나가서 내가 살아남았다'는 부끄러움을 느끼기 보다는..

'나 자신은 살아남았다'는 안도감으로 가슴을 쓸어내리거나, 자신의 경쟁력 있음을 은근 뽐내기까지 합니다.

이번에도 그가 소속된 부서는 세 명의 인원을 줄여야 한다고 합니다.

이런 '공포의 수건돌리기'는 도대체 끝날 기미를 보이지 않습니다.

끊임없이 계속되는 이런 '눈치전쟁' 속에 이제는 지칠 만큼 지쳤습니다.

이번의 인원감축을 또 다시 견뎌 낸다고 해도 다음에는 그 다음에는 어떻게 버텨 낼 것인가..

이제 더 이상은 버텨 낼 자신이 없습니다.

차라리 이제 그만 이런 비굴한 날들을 끝내고 싶어집니다.

주위 사람들은 말 합니다.

그것이 직장 생활이고 더러워도 참아야 한다고 말 합니다.

두 번째 이야기 : 그래도 당신이 좋습니다

맞습니다. 더러워도 참고 힘들어도 참아야 합니다.

그것이 먹고 사는 것 입니다.

그 소중함을 이미 충분히 알고 있습니다.

하지만 아무리 참아도 언젠가 자기 자신 역시도 밀려 나가야 할 때가 올 것은 너무도 뻔한 일이기에 더 이상 매달려서는 안될 것 같습니다.

언젠가는 받아야 할 잔이라면 차라리 한살이라도 젊을 때 먼저 받는 것이 나을 거란 생각이 듭니다.

여기서 더 나이가 들면 더더욱 자신감도 없어지고 새로운 생활에 대한 적응이 더 힘들 것 같습니다.

그래도 아직은 자기 자신을 믿기에 새로운 시작을 꿈꿔 봅니다.

자신보다 나이가 훨씬 더 많은 선배들을 보며 그래도 그나마 다행이라고 스스로를 위로 합니다.

그러나 두려운 것도 사실입니다.

또한 새로운 세상이 결코 만만치 않은 것도 사실입니다.

하지만 아무리 그래도 더더욱 분명한 것은 결국엔 떠나야 한다는 사실입니다.

분명히 지금의 회사에서 정년을 맞을 확률은 지극히 희박하다는 것은 확실한 사실입니다.

그것이 자의 건 아니면 타의 건 간에...

그래서 이렇게 궁지에 내몰린 직장인을 '미운 오리새끼'라고 표현 할 수도 있을 것 같습니다.

동료들 간에 서로 어울리지 못하고 경계심으로 겉돌며 아무에게도 위로 받지 못하는 외로운 처지....

이번에 결국 이런 어려운 결정을 내리게 된 것은 그가 스스로 선택한 또 다른 문제 때문이기도 합니다.

모두가 부정함에 눈 감고 있으려고 했고 모두가 모른 척 했지만 그는 그러질 못했습니다.

그 부정함에 대해 말했고.. 그 부정함에 대해 맞섰습니다.

그가 그렇게 부정함에 맞선 덕분에 많은 사람들이 대단한 이익을 보았고 안도의 한숨을 쉬었습니다.

하지만 그런 이익을 챙기기 무섭게 사람들은 그에게서 멀어졌습니다.

그리고 심지어는 그를 험담하기 시작하고 시간이 지날수록 점점 더 심해졌습니다.

그는 자신의 동료들이 가장 힘들고 어려운 순간에 그들을 위해 그들의 편에서 앞장섰지만..

정작 그가 외롭고 힘겨운 순간에는 아무도 없었습니다.

그가 그들을 위해 흘려 준 눈물만큼 그들은 그와 함께 해 주지 않았습니다.

세상은 원래 그런 것인지도 모릅니다.
누구에게 감사하기 보다는 누군가를 아프게 할 수 밖에 없는지도 모릅니다.
항상 그런 행동에는 '살아남기 위해서 어쩔 수 없는 선택'이었다는 변명이 따릅니다.

어쩌면 그런 변명이라도 하는 사람은 그래도 괜찮은 사람 일 수도 있습니다.
그 마저 인정하지 않고 이익만을 따르는 자신의 행동이 '당연하다'고 생각 하는 사람들도 있으니까요.

하지만 사람과 세상에 대해 한탄만 할 수만은 없습니다.
'세상은 이래서 살 만 한 거다.'라고 거창하게 말하기는 쉽지 않겠지만..
그래도 원망만으로 살기 보다는..
혼자 된 그 순간에 그나마 친구가 되어준 그 사람에..
고마움을 기억하며 살아야 합니다.

다른 사람들이 자신의 생존을 위해 부정함에 맞선 그 사람을 험담하며 떠난 상황에서..

그래도 너의 선택이 옳다고.. 넌 잘못하지 않았다고..

세상이 너의 진실을 모두 알면서도 자신들의 이익을 위해 모른 척 외면할 뿐이라고..

그렇게 너는 그 사람들을 위해 두 번 희생해주는 거라고 말해준 그 사람..

그와 함께 있다는 이유로 상사에게 혼날까봐 다른 동료들은 그를 피하거나..

그와 친분을 유지해도 이제 더 이상 현실적 도움이 되지 않는다고 그를 멀리하는 사람들 속에서..

그래도 그를 버리지 않았던 그 사람..

힘겨움과 이려움만이 계속되는 상황 속에서 변함없이 그를 믿어준 그 사람..

아무런 조건 없이.. 단지 그냥.. 같은 편에 서서 도와주었던 그 사람..

그래서 더더욱 소중했던 그 사람..

'미운 오리새끼'의 친구였던.. 그 사람..

우리가 어린 시절 읽었던 '미운 오리새끼'라는 동화의 원작에는..

'미운 오리'에게 '친구'가 없었지만 만약 원작에 '친구'가 있는 것으로 나온다면..

아마도 작가는 그 마지막에 이렇게 말하지 않을까 생각 됩니다.

"백조가 되어버린 '미운 오리'보다는 백조가 되도록 긴 시간을 기다리며 함께 해준 그 친구가 더 소중 합니다.

모두가 '미운 오리'를 멀리할 때 혼자 그 '미운 오리'를 지킨다는 것이 얼마나 힘들었겠습니까.

결국 그 친구가 '미운 오리'에게 백조의 날개를 펼 수 있도록 만들어 준 것입니다.

백조의 멋진 날개 짓은 사실 '미운 오리'의 날개 때문이 아니라..

그 시간을 함께 견뎌 준 그 친구의 '눈물' 때문 입니다.

그래서 백조는 멋진 날개를 자랑 하기보다는 그 친구의 소중함을 기억하고..

또 누군가에게는 자신이 그런 날개를 달아 줄 수 있는 친구가 되어 주어야 합니다."

이제 세월이 흘러 또 다시 새로운 선택의 상황이 되었습니다.

이런 선택의 순간에서 다시 '미운 오리새끼'의 친구가 되어준 당신이 떠오릅니다.

당신의 그 순수했던 '착한 마음'이 떠오릅니다.

그래도 참 고맙다고..

이렇게라도 삶을 살아오고.. 세상을 견뎌내고.. 세상에 함께할 수 있는 것은..

그래도 '미운 오리새끼'의 친구가 되어준 '당신' 덕분이라고..

비록 가진 것은 없지만.. 그래도 그나마 세상에 욕먹지 않고.. 작은
보탬이라도 되고..
세상에 작은 도움이라도 나눠주고.. 작은 사랑이라도 전해준 것도
당신 덕분이라고..

당신이 내 손을 잡아준 건..
나에게 나누어준 나눔이고, 베품이고, 사랑이기도 하지만..
사실은 세상에 나누어준 나눔이고, 베품이고, 사랑이었다고,,

원레 누군가에게 베푼 착한 일들은 베풀어준 그 사람에게서 돌아오
는 것이 아니라..
내가 나누어준 그 사람을 통해 또 다른 사람에게로 계속 이어져 전
해지기에 더더욱 그러하다고..

그리고 그렇게 나누어진 착한 일들은 세상 사람들을 돌고 돌아..
전혀 뜻밖의 사람을 통해 전혀 예상하지 못한 순간에 당신 자신에
게로 되돌아온다고..

그래서 결국 '미운 오리새끼'도 그의 착한 친구도..
모두 행복해질 수 있다는 것.. 아름다울 수 있다는 것..

'미운 오리새끼'의 친구가 되어준 '착한 당신', 고맙습니다.
정말 고맙습니다.

인생과 사랑을 가르쳐준 '바보 형' 이야기..

나의 형은 바보다.

그런데 그는 참 이상한 바보다. 키도 훤칠하게 크고 선하게 잘 생긴 얼굴에 부드러운 목소리 탓인지 그를 처음 만난 사람도 금방 좋아하게 만든다.

게다가 형은 그림을 참 잘 그린다. 그리고 시를 잘 쓰고 노래 또한 잘 부른다. 그렇지만 형은 바보다. 늘 변함없는 바보다. 정말 오랫동안 변치 않고 지긋지긋 하도록 질긴 바보다. 살아오면서 그런 '바보형'을 원망도 했고 답답해하기도 했다.

하지만 결국 나는 그런 '바보형'을 좋아 한다. '바보'인 그를 좋아 한다.

그런 '바보형'이 앞으로도 바보의 습성을 버리지 못하고 변함없는 바보로 살아도 언제까지 그 '바보형'을 좋아 할 것이다.

그 '바보형'이 내 인생의 반을 가르쳐 주었기에..

그 '바보형'이 내 인생에 받았던 사랑의 절반을 채워 주었기에..

나는 결코 그런 '바보형'을 미워 할 수가 없다.

많은 사람들은 누구나 어떤 순간 어떤 상황에서도 자신을 위해주고 이해해주는 이기적인 사랑을 꿈꾼다.

세상을 살면서 처음으로 누군가에게 그렇게 일방적으로 사랑을 받고 있다는 걸 알게 된 건 부모님이 아니라 나의 '바보형' 때문이었다.

그 '바보형'이 나를 왜 그렇게 사랑 했는지는 아직도 풀리지 않는 의문이고..

굳이 그 이유를 찾는 다면 그건 아마도 사람간의 궁합 이라고 밖에는 달리 생각 할 방법이 없다.

그래서 누군가 나에게 궁합이란걸 믿느냐고 묻는다면 확실히 믿는다고 대답 할 것이다.

최소한 그 '바보형'은 나에게 궁합이 아주 잘 맞는 인생의 오랜 스승이며 보호자며 길동무였다.

그럼 그런 형이 도대체 왜 바보일까?

주변의 많은 사람들이 첫눈에도 호감을 갖는 그런 사람이 왜 바보일까?

그것에 대한 즉답 보다는 우선 내 기억에 남아 있는 그 '바보형'과 함께한 추억들과 이야기들을 듣다 보면 자연히 그가 왜 바보인지를 알게 될 것이다.

형은 적지 않은 나이 차이가 있었지만 늘 나를 데리고 다니길 좋아했다.

일요일날 자신의 학교 자율 학습 때도, 방학 때 자신의 친구네 집을 놀러 갈 때도,

심지어는 친구들간의 은밀한 회식 자리에도 형은 나를 데리고 다녔다.

결코 부모님이 나를 데리고 다니라고 말한 적도 없었고 내가 울면서 매달린 것도 아니었지만 늘 나를 데리고 다녔다.

그렇게 형을 따라 다닌 기억 중에는 이런 특별한 기억도 있다.

우리가 살던 도시에서 멀리 떨어진 시골에서 형의 친구 아버님에 회갑 잔치가 있었다.

그날도 형은 나를 데리고 회갑 잔치가 있는 친구네 집을 갔다.

잔치에 형을 초대한 그 친구가 맏이였던 탓인지 학교 친구들이 수십 명 모여 있었다.

물론 그런 그들 중에서 동생을 데리고 온 건 형 뿐이었다.

그렇게 형 친구들과 어울려 멋모르고 앉아 있던 나는 형 친구들의 장난스런 놀림에 그만 울음을 터트리고 말았다.

울고 있는 나를 달래려 형은 친구네 집앞을 흐르는 강가로 내 손을 잡고 천천히 걸어 나갔다.

여름 강물은 잔잔히 흐르고 있었고 밤 하늘의 별들은 무더기로 빛나고 있었다.

형은 나에게 그 별들을 바라보라 하고는 아직 어린 내가 다 이해 할 수 없는 이야기들을 들려주었다.

저 먼나라 프랑스의 비행사가 썼다는 '어린왕자'를 처음 알게 된 것도 아마 그 여름의 밤별 아래에서 였을 것이다.

형은 왜 그 여름 강가의 별 빛을 보며 나에게 어린왕자를 들려주었을까?

형은 아마도 나를 너무 과대평가 했거나 아니면 나를 많이도 사랑했던 것 같다.

아니다..

형은 그렇게 은유사적 했고 누구처럼 하늘과 별과 강과 바람을 좋아했는지 모른다.

자신이 사랑하는 동생과 함께 나누고 싶었던 것만큼..

그랬다.

나의 바보형은 그렇게 은밀한 즐거움을 아는 사람이었다.

여름 방학이면 우리는 도시에서 조금 떨어진 강가로 놀러를 갔다.

그 강 옆에는 강물줄기를 따라 흐르는 작은 시냇물이 있었고 그 양쪽으로는 미끈한 '미류나무'가 나란히 서 있었다.

형은 나를 데리고 그 시냇물로 가서는 그 냇가에 발을 담그고 앉으라고 했다.

그리고 책을 읽자고 했다.. 이것이 가장 좋은 피서라면서..

나는 독서를 그렇게 배웠다.

내가 책을 읽다가 지루해 견디지 못해 형의 책 읽기를 방해 하면 형은 처음엔 못들은 듯 그냥 무심히 책만 읽었다.

그러다 내가 자꾸 조르면 형은 노래를 부르거나 시를 낭송해 주었다.

나는 이제까지 살면서 아직도 그토록 낭만적이고 다정다감한 사람을 본적이 없다.

여름날 마당에 심어져 있는 대추나무에 올라 책을 읽다가 한참 어린 동생에게 너무도 진지하게 감정을 담아 청아한 목소리로 시를 읽어 주는 사람..

아직도 세상에 이런 고등학생이 과연 있을까..

나무 위에 앉아 시를 들려주는 형을 바라보며 나는 그렇게 한 소년으로 자랐다.

형이 데리고 간 자신의 학교 포도나무 그늘 아래서 아직 여물지 않은 신포도를 따먹으며 그렇게 한 소년으로 자랐다.

그런데 형이 유난히 시를 좋아하고 그림을 좋아했다고 소심하고 심약하기만 한 학생은 결코 아니었다.

형은 성품에 어울리지 않게 의외로 대단한 운동선수였다.

우리가 자란 도시는 작은 소도시인지라 시에 무슨 행사가 있으면 대부분의 시민 모두가 함께 하는 지역 행사였다.

특히, 단오나 한가위쯤이 되면 지역 문화제가 열리곤 했는데 형은 시와 그림 그리기를 좋아하는 이미지에 어울리지 않게 늘 씨름선수로 대회에 참가 했다. 그런 형은 나에게 큰 자랑이었다.

학교가 끝나면 공설운동장으로 달려가 형의 연습 경기를 지켜보고는 했다.

내가 구경을 가면 형은 한껏 웃으며 주먹을 힘껏 쥐어 보이며 지켜보라고 했다.

그리고 약속처럼 자신 보다 덩치가 훨씬 큰 선수들을 뒤집어 버리곤 했다.

형이 경기에 나서면 많은 여고생들도 씨름판에 둘러서서 호기심 어린 눈길로 지켜보았는데 의외로 덩치가 날렵한 형이 이기면 여고생들의 환호성이 쏟아지고는 했다.

형은 자랑스레 팔을 번쩍 치켜들고 함성을 지르며 모래판을 돌았고 수많은 사람들이 박수를 치면 나에게 달려와 나를 번쩍 들어 올려주었던 기억이 아직도 형의 또 다른 멋진 모습으로 남아 있다.

이런 어린 시절의 아름다운 기억을 접으면 이제부터는 형과의 슬픈 기억들이 떠오른다.

좋았던 기억도 많지만 슬펐던 기억은 더 많은 것 같다.

고등학교를 졸업한 후로 형은 몇 번인가 커다란 꿈을 안고 집을 나섰고 내 곁을 떠났다.

하지만 세상은 그토록 순박하고 천진한 젊은이에겐 너무도 가혹하고 냉정 했다.

형이 떠나기 전날 밤이면 나는 밤새도록 빌었다.

형이 떠나는 날이면 그의 뒷모습을 애처롭게 바라보며 간절히 빌었다.

차라리 그가 돌아오지 않게 해달라고..

누군가 다시 돌아온다는 것은 또 다른 아픔이고 실패라는 것을 그때 나는 알았다.

그렇게 형은 몇번의 떠남과 돌아옴을 반복하게 되었고..

그런 형의 작은 꿈이 담겨 있는 생맥주집 '낙엽'을 나는 아직도 기억한다.

(형은 모를것이다.. 자신이 나에게 이 '낙엽'에 대해 말했는지도.. 아니 이것이 무엇을 의미 하는지도...

형이 서울에서 돈을 많이 벌어오면 이곳으로 돌아와 생맥주집 '낙엽'을 차려 젊은이들의 광장을 만들겠다고 했었다. 그렇게 음악도 듣고 돈도 벌며 너와 함께 있겠다고 했었다.. 물론 그 꿈은 꿈으로만 끝났다..)

우리 형제의 인생에 가장 슬프고 외롭고 힘들었던 이야기들은 대부분 그렇게 만들어졌다..

어느 겨울을 보내며 형은 어느 밤 동생에게 자신이 멀리 떠나기 전 부탁이 있다고 말했다.

네가 떠나는 자신에게 이런 선물을 해주면 자신은 정말 기쁘게 떠날 수 있을 거라고 말했다.

동생은 그게 무어냐고 물었다.

"내가 떠나기 전에 네가 이 도시 전체에서 일등을 했으면 좋겠어.."

"알았어..약속할게.."

"그 대신 형도 너에게 선물을 해줄께..."

"뭔데...?"

"형이 쓴 시가 당선되면 너에게 좋은 책상을 사줄께..."

꽁보리밥으로 겨울을 넘기던 그 둘은 그런 특별한 봄을 기약하는 약속을 했다..

형은 새벽까지 책을 읽고 시를 썼고..

동생은 옆에서 함께 밤을 세며 공부를 했다..

(문득 한석봉 선생 모자의 일화가 생각난다..)

겨울 밤, 불을 넣지 않아 입김이 나오는 냉방의 이불 속에서 공부를 하는 어린 동생이 추울까봐 가만히 꼭 껴안아 주었었던 바보 형..

얼은 새벽까지 공부와 추위에 지친 동생을 달래려 형은 또다시 재미난 이야기들을 들려주었다.

이런 단칸방에서 외롭고 힘든 삶을 살던 한 남자의 꿈을 담은 '이상'의 '날개'도 그 해 겨울 함께 이불을 뒤집어쓰고 들었던 이야기 중 하나였다.

시인을 꿈꾸며 문학을 사랑했던 그런 형 덕분에 나는 그렇게 '이상'

이라는 작가와 '날개'라는 작품도 알게 되었다.

　시인을 꿈꾸던 형이 그 시절 썼던 시는 '벙어리 저금통' 이라는 시였다.
　형은 예의 진지하고 감정 가득 담긴 눈빛으로 청아한 목소리로 동생
에게 자신의 시를 들려주었다.
　"동전을 먹어야만 '땡그렁' 하고 말하는 벙어리 저금통..
　그러나 그 동전을 먹으면 그뿐..
　또다시 말없이 냉정하게 눌러 앉아 있는 벙어리 저금통..
　자본주의의 냉정함과 무감함은 그토록 음울하다.."
　뭐..그런 내용의 시였다..

　아마 그 시절의 형에게 세상은 너무도 무서운 침묵과 냉성한 자본의
논리로 무심하게 눌러 앉아 있는 벙어리 저금통처럼 한없이 답답하게
만 느껴졌으리..

　그리고 그렇게 겨울은 끝났고..
　드디어 봄이 왔고.. 형은 떠날 때가 되었다.
　그러나 나는 결국 형과의 약속을 지키지 못했다.

　시험 발표가 있는 날이었다.
　봄볕이 따스하게 내리쬐는 집 앞의 언덕에서 형은 나를 기다리고 있
었다.
　저 멀리서 보아도 형이 집앞에서 나를 기다리는 것이 보였다.

그런 형을 보니 괜스레 이유모를 설움이 밀려오며 눈물이 났다.

형에게 다가가 눈물을 글썽이며 형에게 미안하다고 말했다.

조용히 주절거리는 나의 말을 들어 주던 형은 이내 나를 꼬옥 안아 주었다.

"나는 네가 자랑스럽다.. 사실은 네가 진정한 일등이다.. 일등이 너보다 운이 좋았을 뿐이야.."

(안타깝게도 그때 나는 이등을 했다..)

형은 그렇게 나를 마지막으로 안아 주고 떠났다..

물론 형의 '벙어리 저금통' 이라는 시는 자신이 쓴 내용처럼 냉정한 침묵으로 아무런 답변이 없었고..

결국 세상은 형을 냉정히 외면한 것이다.

형의 시가 당선 되지 않았기에 끝내 형은 나에게 책상을 선물 해주지 못하고..

그렇게 그 봄 쓸쓸히 내 곁을 떠났다.

형이 내 곁을 떠났지만 형의 잔영들은 내 곁에 그대로 남아 있었다..

특히 형이 보던 시문학, 현대시학... 부류의 책들은 나를 기형적으로 조숙 시키는데 그럭저럭 한몫 했다.

왜 나에게 이런저런 책들을 직접 읽기 보다는 자신이 말해주거나 이런저런 설명을 덧붙였는지는.. 그 필요성은.. 나중에 세월이 더 지난 후에 알게 되었다.

그리고 몇 년이 지나 형은 나에게 다시 돌아 왔다.

하지만 나는 이미 예전의 그대로가 아니었다.

형은 나로 인해 너무도 괴로워 했고.. 안타까와 했고.. 마음 아파 했다..

그러나 형은 늘 나를 믿었다..

변함없이 나를 사랑하고 있었다..

이런 사실들 역시도 나중에 세월이 더 지난 후에 알게 되었다..

이제 형은 예전에 내가 생각 했던 것처럼 위대하지 않고..대단하지 않다..고 나는 생각 했다..

게다가 나는 그런 형의 삶에 아픔과 무게를 이해하기에는 아직 너무도 어렸다..

지친 퇴근길..

한없이 무너져 내린 어깨로 돌아오는 지친 밤..

그래도 철없는 동생의 저녁밥을 짓기 위해 깻잎 밭에서 깻잎을 따와 볶아 먹이던 나의 착한 바보 형..

쉬는 날이면 군소리 없이 동생의 빨래를 해주던...그 순한 나의 바보 형..

하지만 나는 많이 삐뚤어져 있었고..

그런 형이 속으로 얼마나 많은 눈물을 흘리고 있는지 알지 못했다..

내가 얼마나 형의 고통스런 피의 대가로 살아가고 있는지 알지 못했다..

지금도 그때를 생각하면 울컷 구역질이 난다..

나의 철없음과.. 형의 고통스런 피와 땀을 뜯어 먹으며 자랐던 못나디 못난 나를 보는 것 같아서...

그래도... 형은 그런 나 조차도 믿고 있었다.

그 예전처럼 변함없이 나를 믿고 있었다.

내가 형이 나를 변함없이 믿고 있었다는 사실을 알게 된 것은 몇년이 더 지난 후였다..

형의 기대 만큼이나 나는 살지 못했고.. 너무도 대단했던 나에 대한 형의 바램은 점점 평범하게 변해가고 있었다..

나는 세상의 중심에서 점점 멀어져 갔다.

내가 대학을 갈 때도.. 졸업을 하고 직장을 구했을 때도.. 그리고 사회생활을 하면서도..

세상 속에 내 몫과 내 가능성은 점점 작아지기만 했지만 형은 나에게 변함없이 말했다.

"그래, 난 네가 해낼 줄 알았어.. 역시 너야.. 그건 대단한 일이야.."

그렇다.. 형은 늘 나와 함께 있었다..

내가 열 개 중에 다섯개 밖에 못해도 그것이 세상에서 최고로 대단한 일이였고..

내가 세개 밖에 못해도 그것이 세상에서 나만이 할 수 있는 일이였다..

형은 결코 나의 기분을 좋게 하기 위해서도 아니고 나를 위로하기 위해서 그렇게 말한 것도 아니었다.

단지.. 정말 나를 그렇게 믿고 생각하는 것 뿐이었다.

세상 속에서 점점 작아지는 내 위치와 내 능력만큼 같은 크기로 작아지는 나에 대한 형의 기대를 보며..

늘 형의 기대는 작아졌을지라도.. 나에 대한 형의 만족도는 변함이 없다는 것을 알았을 때..

'이 사람이 진정 나를 사랑하는구나'라고 나는 믿게 되었다..

이것이 진정한 사랑이라는 걸 그때서야 나는 깨닫게 되었다.

형이 나에게 그 예전 책상을 사준다는 십년도 더 지나버린 때늦은 약속을 결국에는 지키면서 이렇게 말했다..

"남자가 반드시 있어야 할 것 중 하나가 책상이다.. 아무리 작은방에 살아도 책상은 있어야 자신을 지키고 미래를 준비 할 수 있다."

형은 그런 사람이었다.

이제 그만 그런 큰 기대를 포기할 만한 나에게 끝내 책상을 사주며 그래도 미래를 준비 하라고 말했었다.

그런 사람을 내가 어찌 평생의 고마움으로 생각하지 않을 수 있을까..

어쩜 그리도 한결같이 내 입장에서만 세상을 바라 봐줄까..

하긴 내가 입대를 앞두고 심란해 있던 때에는 그런 말을 했었다..

"세상에는 꼭 해봐야 할 세가지 직업이 있다.. 하나는 스님이고 또 하나는 시인이고 그 마지막 하나는 변방의 이름없는 군인이다.. 이들의 공통점은 끊임없이 자신과 싸우는 고행 끝에 진정한 자신과 세상을 발견 할 수 있다는 것이다.."

사실 그 마지막 하나는 군인이 아닐지도 모른다. 형은 단지 입대 하는 나를 위로 하려고 군인이라고 말했는지도 모른다..

어째건 나는 형의 바램(?)처럼 변방의 이름없는 군인이 되었고 강원도 산속에서 끊임없이 자신과 싸우는 고행 속에 나를 찾으려고 했지만 전역을 하도록 나 자신을 찾지는 못했다..

그래도 형은 나를 변함없이 믿고 있었고.. 내 입장에서만 긍정적으로 희망차게 세상을 바라봐 주었다.

하지만 나는 그런 형의 바램과는 달리 별로 대단한 삶을 살지 못했다..

대단하기 보다는 오히려 남들을 별로 앞서보지도 못한 삶을 살았다.

그렇게 늘 형에게 미안 했던 내가 처음으로 형을 기쁘게 했던 일이 있었다.

그때 처음으로 형의 기대에 조금이라도 근접한 모습을 보였던 것 같다..

그때도 형은 말했다.

"이제서야 네가 너의 진가를 드러내는구나..나는 늘 네가 언젠가는 해낼거라 믿었다.."

하지만 형의 믿음만큼 나의 성공(?)은 계속 이어지지 못했다..

아마 이건 일정 부분 그 이유가 형의 동생이기 때문인 탓도 있을 것이다..

나의 반은 이미 오래 전부터 형으로 인해 채워졌는데..

그런 내가 어찌 대의를 져버리고 오직 나 자신만을 위해서 살 수 있을까...

세상 속에서의 냉정한 승부 안에서 그 승부의 마지막 순간에 결국 나도 형의 피가 반이나 흐르는 동생이었기 때문에 더 이상 모질고 냉혹하게 싸우지 않고 조용히 물러남을 선택 했는지도 모른다.

하지만 세상은 늘 형의 가르침이나 순한 마음처럼 여리거나 순수하지 않았다.

이미 나도 세상에 현실을 여러 가지로 많이 알아 버렸고.. 그런 냉정한 세상에 조금은 익숙해져 있었다.

이제 오히려 나 보다도 세상물정을 너무도 모르고 어리숙(?)하게까지 생각되는 형을 걱정하는 내가 되었다.

실제로 형은 참으로 많은 실패를 한 사람이다.

그는 우선 남에게 사기를 잘 당하고 잘 속는다.

오죽하면 내가 실패라는 것과 세상의 비열함을 형을 통해 참으로 많이 접했을까..

벌써 자신의 인생에서 무언가를 위해 몇번이나 모든 것을 다 바쳤고, 또 몇번이나 멋지게 세상에 속았던 형..

몇 번은 말린 적이 있었지만 너무도 그 믿음이 강해.. 세상을 순진하게만 믿고 함께 했던 형..

그래서 늘 힘없이 슬픈 얼굴로 세상에 밀려나고 자기 속으로 되돌아왔던 형..

세상은 참 비정하게도 그를 여러번 속였다..

사실 그는 별로 그런 세상살이의 냉정한 조언을 함께 나누는 친한 친구가 없다.

주위에 이런저런 사람은 많지만 그런 아름다운 감성으로 함께 호흡할 비슷한 가슴과 비슷한 느낌을 갖은 사람을 만나지 못했다.

의외로 그가 살던 도시가 작기 때문이기도 했고..

그가 자란 곳과는 너무도 멀리 떨어진 곳에 혼자 덩그렇게 떨어져 살기 때문이기도 했고..

또한 결정적으로.. 세상은 몇몇 기득권에게만 열려 있을 뿐 다른 이들에게는 너무 닫혀 있기 때문인 것도 같았다.

이건 아마 다른 여러 사람도 마찬가지 일 것이다..

사실 따지고 보면.. 여느 작은 도시에서 이름 없는 무명작가가 자기 혼자서 알아주는 사람도 없이 시를 쓰네.. 그림을 그리네.. 어쩌구 하면.. 한편으론 얼마나 한심해 보일까..

사실 예전에는 형의 현실에 어울리지 않는 뜨거운 이상과.. 결코 세상과 타협하지 않는 무서운 고집 때문에 형을 원망 했었던 적이 있다.

그 예전 자신의 고집으로 쓰러질 듯한 헌 농가로 도망치듯 이사해 버린 후 아무도 쳐다보지도 찾는 사람도 없는 그 시골 농가 벽에 '어린 왕자' 그림을 색상도 곱게 그려 놓은 사람..
도대체 어울리지 않는 그런 '어린왕자' 그림을 너무도 우습지만 기어이 별과 우주를 배경으로 그려 놓은 사람..
그게 바로 내 '바보형'이다.

하지만 이제 '바보형'을 그냥 '바보형'으로 바라보기로 했다.
그래도 화려한 도시뿐인 세상에 수줍게 피어 오른 들꽃 같은 사람도 얼마쯤은 필요하다고 생각하기에..
그의 고통도, 아픔도, 뜨겁지만 힘겨운 삶도.. 참으로 눈물겹고 안타깝지만 그냥 바라보기로 했다.

이제 그 예전 형이 나를 믿은 것처럼 이제 나도 그를 믿어야 한다.
그가 피운 삶의 진한 '눈물꽃'들은 사랑을 잃어버린 세상 사람들의 황량한 가슴에 한알의 홀씨로 차분히 날아가 그들의 가슴에도 새로운 사랑의 꽃들을 피워 내리라고...

최소한 나는 그의 '눈물꽃'들을 믿어야 한다.

세상의 많은 작품들이 결국 먼 후일 진정한 자신의 가치를 인정 받았듯이...

그가 피로 눈물로 땀으로 오래도록 가슴으로 키워온 시어詩語들이 언젠가 반드시 제대로의 가치로 인정 받을 수 있으리라고..

어쩌면 세상이 늘 슬프고 안타까운 것은 이런 진실하고 아름다운 눈물을 보지 못하고 있다는 사실이다.

갓 스무살의 아가씨들도 세상에 당당히 몇 권씩이나 시집을 내놓는 지금에..

그들 나이의 곱절을 살았으면서 아직까지 시집 한권 제대로 못 낸 바보..

오히려 수천편의 시를 쓰고도 고작 수십편의 시 밖에 세상에 내놓지 못한 바보..

그나마 슬그머니 부끄럽다고 내놓는 어쩔수 없는 바보..

남들은 하룻밤에 몇편씩이나 시를 쓰건만..

자기 혼자 시 한편을 쓰기 위해 십 몇 년을 고치고 또 고치는 한심한 바보..

바보라고 불리운 이 땅의 정치인은 대통령이 되었었는데..

이 '바보형'이 대한민국 시인으로 불려지기는 왜 이리 힘들까...

과연 이 '바보형'이 대한민국 시인으로 불려지는 그런 성공을 할 수 있을까..

　철이 들고 난 후에 내 오랜 꿈이 있다면 이 '바보형'의 시집을 내주는 거였다.

　그런데 이제 내 소망을 못 이룰 것 같다. 아니 이제 그러지 않아도 될 것 같다.

　나 보다 이 '바보형'의 시를 더 많이 알고 더 많이 사랑하는 사람이 이제 나타난 것 같았기 때문이다..

　'바보형'의 그 새로운 친구들이 그의 시를 더 멋지게 세상에 소개 할 것이라 믿기 때문이다..

　그래서 새해가 시작 되는 어느 설날 그에게 말했었나..

　멋진 시집 대신 홈페이지를 만들어 줄께..

　하지만 몇달이 지나도록 나는 형의 홈페이지 만들기를 시작도 못했다.

　'홈페이지 만들기' 책을 몇권 샀지만 아직 나에겐 너무 어려운 일이다..

　책을 볼수록 근사한 형의 홈페이지를 내 스스로 만들기가 너무도 벅차다는 것을 점차 깨닫게 되었다..

　정말 미안한 일이다..

　사실 난 언제부턴가 형의 시를 잘 읽어 보지 않았다.

　그 어떤 부끄러움에.. 가슴을 후벼 파는 듯한 그런 쓰라림에...

　당당함 앞에선 치졸한 인간의 당연한 부끄러움과 아픔이랄까..

하지만 나는 뻔뻔스럽게도 남들에게만은 자신 있게 말 할 수 있다..

누군가 도를 이루었다면..누군가 도를 이룬 사람을 본 적이 있다면..

나도 도를 이룬 사람을 본 적이 있다고 말 할 것이다.

내가 아는 그는 시詩로써 도道를 이루었으니.. 어찌 당신이 함부로 비웃을 수 있으리..

그가 젊음을 하얗게 불태우며 짊어진 수만번의 삶의 무게만큼 무거웠던 목도질..

가슴이 탁 막히고 한걸음 한걸음이 후들 거리며 떨려 억지로 끌어 왔던 그 삶에 무거운 짐과 아픔과 눈물..

그리고 그 속에서 빚어 낸 증류수 같은 맑은 사랑을...

그의 사랑은 세상에 대한 사랑이다.

사람들은 그를 흔해 빠진 삼류 사랑시인으로 치부 할지도 모른다.

더군다나 세상에 대한 욕심과 독선으로 가득찬 사람이라면 그가 한심한 시인 나부랭이로 생각 될 지도 모른다..

아니 단지 일상적인 삶을 살지라도 무감한 눈빛을 갖은 사람이라면 그의 시를 제대로 보지 못 할 것이다.

그가 늘 절절히 가슴을 오려 붙여 적어 놓는 시는 이성애가 아닌 세상에 대한 사랑,. 인간에 대한 포기 할 수 없는 사랑.., 이 시대 마지막 구원으로써의 간절한 사랑을 말하고 있다..

나는 감히 말한다.

그 예전 젊은 예수가 착취와 억압속에 절망과 고통의 삶을 사는 사람들에게 '절대사랑'을 통한 구원을 가르쳐 주었다면 이 '바보형'이 이제 사랑의 시詩로써 구원을 말한다.

그가 오랜 세월 세상에서 얻은 증오, 분노, 아픔이 결국 사랑의 시詩로 다시 피어난 것이다.

어느 날 문득 지치고 쓰러져 자신이 세상에 버려졌다고 느낄 때면..

마침내 그가 숨겨둔.. 정확하게는 그의 몇몇 사람들에게만 조용히 들려준 사랑의 시詩들이..

가슴을 흘러넘어.. 긴 강물처럼 감동의 큰 줄기로 흐를 것이라 나는 믿는다.

형이 내 일생의 모든 굴곡을 사랑 했던 것처럼.. 언제나 항상 내편에서 줬던 것처럼..

그는 늘 어떤 순간 어떤 상황에도 사랑과 시인의 편에 서서 시를 써왔다..

이것이 '바보형'이 바보인 이유고.. '바보시인'으로 살아가는 방식이다.

'바보형'이고 '바보시인'인 그가 진정 사랑 한 건 내가 아니라..

세상에 소외된 인간 그 자체이고 버릴수 없는 그들의 진실한 삶 그 자체이다.

그들의 그 시린 삶을 녹여 낼 수 있는 그의 가슴은 얼마나 아프고 뜨거울 것인가..

그런 아픔과 뜨거움으로 빚어 낸 그의 작품들이 어찌 은은히 고운 빛깔과 겸손히 빛나는 기품을 간직하지 않을 수 있으리..

어느 이름 없는 장인의 한과 열정이 빚어 낸 고려청자가 이제 천년의 세월을 간직한 채 그 단아한 자태를 은은히 풍기며 예인의 향기를 보여 주고 있다면..

내 '바보형'이 쓰라린 피의 대가로 토해낸 시어들은..

눈물과 아름다움이 오묘하게 뒤섞인 감동과 느낌으로 이 땅의 마지막 순수를 그려 낼 거라 나는 믿는다..

이제 내가 형에게 바라는 것이 있다면 단 한가지이다.

그만 아프고 그만 힘들고 그만 울기를..

이미 충분히 오랜 세월을 온몸으로 고통스럽지 않았던가..

이미 충분히 오랜 세월을 상처 난 영혼을 부둥켜안고 살지 않았던가..

이미 충분히 오랜 시간 불가마의 담금질을 받지 않았던가...

그동안 그를 바라보던 시간들이 너무 슬프다..

그동안 그를 바라봤던 세월들이 너무 아프다..

이제 그만 웃을 수 있기를..

이제 그만 육신과 영혼의 일상적 행복을 누릴 수 있기를..

여기서 그냥 그가 풀썩 쓰러져 버릴까 두렵다..

이래서 그런 '바보형'을 지켜본다는 건 안타깝고 눈물겹다..

이제 그만 행복하세요..

제발..

제발..

개구쟁이처럼 살고 싶고,
개구쟁이 짓을 나누고 싶은 건..

때로는 지극히 평범한 이야기가 위대한 진리일 때가 있습니다.
또한, 위대한 진리는 지극히 평범합니다.

공자의 어록인 '논어' 제1편에는 "벗이 있어 멀리서 찾아오면 참으로
즐겁지 아니한가."라는 말이 있습니다.
그 말은 단지 '우정'의 소중함을 넘어..
삶이란 것에 있어 '친구'라는 것이 얼마나 중요한 가치인가에 대해..
깊은 생각과 여운을 느끼게 해줍니다.

요즘같이 치열하고 냉정한 세상,
사랑도 우정도 진리도 모두 돈과 권력으로 맺어지고..
그런 이해관계로 인간관계가 결정 되어지는 것 같지만..
그런 '부귀영화'가 주는 우정은 진짜 '우정'이 아니다 보니..
오히려 사람을 더 외롭게 만듭니다.

사회적 필요에 의해 만나서 앞에서는 웃고 떠들며 친한척 하지만..
돌아서면 손익계산을 하거나 상대방에 의한 스트레스로 힘들어 하

는 위선적인 만남들..

그런 만남에 지쳐 힘들어 하다보니 사람들은 진짜 우정, 참우정을 그리워하게 되고..
세상사가 원래 그렇게 위선과 모순으로 얽혀 있다 보니..
2,500년전의 공자님께서도..
단지 친구가 찾아오는 것만으로 삶이 즐겁지 않느냐며 강조 하셨을 것 입니다.

그리고 이 땅을 살다간 수많은 인류의 선조들이 그 말에 공감하다보니..
논어의 그 구절이 2,500년을 이어져 내려오게 되는 것이고...
또 그래서 그 평범한 "벗이 있어 멀리서 찾아오면 참으로 즐섭지 아니한가."라는 말이 위대한 진리로 남아 사람들에게 되새김 되어 지고 있는 것이겠지요.

대나무로 만든 말을 타고 놀던 벗이라는 뜻으로 "죽마고우竹馬故友"라는 말도 합니다.
그렇습니다.
어린시절 개구쟁이..짓을 같이 했던 친구..
좋은일, 기쁜일, 여러 가지가 있지만 개구쟁이.. 짓을 같이 했던 친구..
나의 개구쟁이..짓을 기억하는 친구..

저에게도 그런 친구들이 있습니다.

내 부족함을.. 내 장난끼를.. 내 못난이 짓을.. 개구쟁이 나를 기억하는 친구.. 그것이 바로 오랜 친구들 입니다.

그렇게 소중한 친구임에도 불구하고..
때로는 의견 충돌로 다투고.. 때로는 생각 차이로 얼굴을 붉히고는 합니다.
하지만.. 여전히 죽마고우로 맺어져 있기에 또 오랫동안 함께해야 합니다.

노자는 인생을 살아가는 데 최상의 방법은 물처럼 사는 것이라며..
"지극히 착한 것은 마치 물과 같다. - 상선약수(上善若水)"라고 했습니다.

그래서 친구들간에 서로 생각 차이가 있고 입장 차이가 있더라도..
조금씩 마음을 낮추고 같이 어울려 조금은 여유롭고 부드럽게 함께 흘러가야 합니다.

불혹을 넘어 지천명을 향해 가는 인생길부터는 오랜 친구를 다시 사귀기 어렵기에 더더욱 그렇습니다.
비록 잠시 멀어져 있다고 해도.. 때로는 서로에게서 멀어져 있을 때도 있지만..
모든 냇물이 결국엔 바다의 공유를 지울 수 없어 모두가 강물로 모여 함께 흐르듯.. 오랜 친구 역시 추억의 공유를 지울 수 없기에..

결국 다시 만나 인생의 강물을 함께 흐르며 우리 삶의 소중함을 나눠가야 할 것 입니다.

지금껏 친구들과 같이한 시간들이 즐거웠듯이.. 앞으로도 그렇게 좋은 추억 만들고..
소중한 우정을 지키며.. 즐겁고 재미있게 살아가면 됩니다.

그것이 인생의 참 행복이기에 공자님도"벗이 있어 멀리서 찾아오면 참으로 즐겁지 아니한가."라는 말을 하셨던 것입니다.

'좋은 친구', '멋진 우정'이란 말이..
지극히 평범한 이야기지만 수천년 이어지는 위대한 진리이듯..
지극히 평범한 친구들이 아름다운 우정을 지키고 나눌 때..
그 삶과 우정은 더 이상 평범한 삶이 아닌..
각자의 삶에 아주 특별한 의미와 추억으로 남겨질 것 입니다.

그래서 나는 '죽마고우' 친구들과 여전히 개구쟁이 짓을 나누고 싶습니다.
학창시절 몰래 도시락을 먹다가 걸려서 혼나고..
떠들다가.. 장난치다가.. 못된짓 하다가.. 다투다가.. 숙제 안 해서..
그 외 수많은 개구쟁이 짓을 함께 했었기에..
지금껏 서로를 기억하고.. 서로에게 기억되듯 그렇게..

앞으로도 좋은 친구들과 즐겁게 어울리며 개구쟁이처럼 그렇게..
몸은 나이를 먹어도 마음은 언제나 그대로이듯..
친구들과의 마음만큼은 늘 그때처럼 그렇게 어리고.. 순수하게..

그래서 공자님의 말씀처럼.. '벗이 있어 멀리서 찾아와'..
'참으로 즐겁게 살려'고 합니다.
그런 삶을 살고 싶습니다.

여전히 '푼수'로 살아가는 이유

'나도 마찬가지다....'

누군가 저에게 "참 이상해..,나는 사람에게 잘 빠진다."라고 심각하게 말 할 때면 서슴없이 하는 말 입니다.

사실 제가 그렇습니다.

살면서 너무도 쉽게 사람을 좋아해서 누군가에게 실망을 하거나 실망을 시켰던 일이 종종 있습니다.

원래 성격이 급하고 감정이 앞서는 내 성품 탓인지,

스타일이 비슷하거나 마음이 맞는다고 생각 되는 사람을 보면 거침없이 친해지고 싶습니다.

그 과정에서 나는 무척 과감하고 도발적 입니다.

이것저것 따지거나 별로 눈치를 보지 않습니다.

마치 거침없이 다가서는 밀물처럼 그에게 마음을 보내고 그 사람과 통하기 위해 최선을 다합니다.

그와 처음 만났건 아니면 그와 멀리 떨어져 있건 별로 가리지 않습니다.

뭐, 오랫동안 알았다고 반드시 느낌이 잘 통한다거나 같은 마음이라고 할 수 없는 거니까..

그러다 보니 딱 한 번을 만난 사이임에도 불구하고
무척 오래된 친구처럼 아무 스스럼없이 편하게 대하는 경우도 있습니다.

이에 대해 남들은 '푼수'라거나 '오바' 한다고 말합니다.
더 심한 경우는 한 번도 얼굴을 보지 않고 같은 저자의 글을 같은 느낌으로 좋아하는 것만으로..
우린 서로 마음이 통하는 사람이라고 착각하는 경우도 있습니다.

물론 그렇다고 그 어떤 상상으로 내 멋대로 그 사람의 이미지를 만들어 놓고..
그 사람을 일방적으로 좋아하는 것은 절대 아닙니다.

비록 잠시지만 글이건 말이건 간에 그 사람이 보여 주는 그 사람만의 독특한 분위기나 장점 때문에..
그를 좋아하고 그렇기 때문에 좋아지고 통할 수도 있다고 믿는 것입니다.

사람들은 아마도 그럴 것입니다.

그렇게 쉽게 만난 사람을, 얼마 알지도 못한 사람을 얼마만큼이나 믿느냐고..

그러므로 정확히 알지 못하는 사람들을 별로 믿을 수 없다고..

맞습니다. 그 말도 맞고.. 지금 같은 냉정한 시대에 그런 신중한 판단은 충분히 이해 합니다.

하지만 지금까지 사람에 대한 나의 믿음은 별로 크게 실패하지는 않았습니다.

또한 실패한다고 해서 사람 만나기를 후회한다거나 두려워하지는 않습니다.

실제로 그렇습니다.

어차피 사람을 만난다는 것의 의미는 그런 것이니까...

사람을 만난다는 것만으로도 새로운 배움이 되거나 삶의 또 다른 의미를 찾게 될 수 있는 거니까..

그래서 저는 사람과의 만남에 대해 도전적 입니다.

그 사람을 사귀기 위한 내 노력이 헛되고 실패한다 해도 어쩔 수 없습니다.

그것 역시도 산다는 것의 의미가 될 수 있으니까..

그래서 사람과의 만남에 실패를 두려워하지는 않습니다.

제 적극적인 태도를 두려워하는 사람들에게 말한다.

"오직 진심과, 의리와, 배려의 마음으로 만날 것이니 괜한 걱정 마시고 멋지게 만납시다.

혹시라도 걱정 마세요. 당신은 언제든 내가 마음에 들지 않으면 부담 없이 떠나도 좋아요.

제가 늘 남겨진 자의 몫을 떠안을 테니..."

그래서 지금까지 나에게 좋은 영향과 중요한 인연이 되어준 선배, 친구, 후배 중에는..

수 십 년 동안 고작 몇 번만을 만났던 사람도 있습니다.

하지만 만남 횟수에 관계없이 여전히 좋은 사람으로 남아 있습니다.

그들과 저는 변함없이 서로에게 여전히 좋은 관계 입니다.

삶터는 전국 곳곳 서로 다르지만.. 우리는 서로를 소중하게 생각 합니다.

그렇다고 모두가 이렇게 좋은 사례만 있는 것은 아닙니다.

처음에는 좋은 마음으로 만났지만 차츰 서로에게 실망을 느끼게 된 사람도 있습니다.

누구 한 사람만의 잘못은 아닙니다.

단지 서로의 눈높이나 색상이 약간은 달랐을 뿐입니다.

어째 건 그래도 저는 내가 만나는 사람들에게 나의 모든 것을 보여 주려 노력 합니다.

될 수 있으면 솔직하게.. 부족한 점, 좋은 점, 나쁜 점까지.. 먼저..

아직도 사람에 대해 갖고 있는 가장 큰 믿음이..

'사람을 움직이는 가장 큰 힘은 진실이다..'라는 것이기 때문 입니다.

이런 진실을 서로 보여 주고, 뜻이 통하면 되는 것 입니다.

그런데 시행착오는 그런 진실이 통하지 않거나 통 할 수 없는 상황이 되었을 때...

통할 수 있을 거라 믿었건만 통하지 않을 때..

또는 지금까지는 잘 맞는다고 생각 했지만.. 더 이상 맞지 않을 때입니다.

그러나 그것은 더 나이를 먹었기 때문 입니다.

남들은 이미 '비지니스'로만 사람을 만나고 있는데..

철 안든 몇몇만이 아직도 사람을 마음으로 만난다고 믿습니다.

오직 관심은 돈과 자식과 건강과 노후에 집중 되어 버리고...

더 잘 살겠다는 욕심에.. 세상을 이미 너무 많이 알아 버린 약아빠짐으로..

자기 자신만을 챙깁니다.

주변에 대한 관심이나 봉사도 사실은 남들에게 보여 주기 위한 '악

세사리'고 명예를 위한 '회원증'인 경우가 많습니다.

당연히 더 이상 진실된 인간관계는 지극히 드뭅니다.

젊은 시절 자신을 고뇌로 내몰았던 삶과 세상에 대한.. 뼈아픈 고민과 삶의 치열한 질문은 더 이상 없습니다.

이래서 삶은 부끄러워지기 시작 합니다.

내 감정과 감각의 세포들이 모두 말라 버려 사람과 사랑에 대해 아무 느낌을 갖지 못한다면.. 살아간다는 것이 도대체 무슨 의미가 있을까.

이건 사람으로서 존재하는 것이 아니라 단지 본능적 욕심만 남은 생명의 연장일 뿐 입니다.

그래서 오히려 나는 사람을 과감히 믿기로 했습니다.

그리고 거침없이 사귀기로 했습니다.

최소한 그렇게 비겁하고 위선적인 어른이 되고 싶지 않기 때문에...

천진난만한 소년처럼 살자.. '푼수'처럼..

내 맘 그대로.. 즐겁고 재미있게 까불면서..

너무 억울하지 않습니까!

나이가 들수록 탐욕만으로 더더욱 추해진다는 것이..

삼십이 되면서부터 얼굴의 피부만 늙는 것은 아닙니다.

감정의 숨결도 늙어 갑니다.

왜 사람들은 육체를 위한 비타민과 영양제는 그렇게 챙기면서..
감각과 감정을 유지하는 비타민은 찾지 않을까요.

사십이 지나 또 오십이 되어가며 얼굴에 주름살만 늘어나..
그 주름살이 은근한 아름다움과 연륜이 되지 못하고..
어른이라는 핑계의 위선과 부끄러움 모르는 탐욕의 증거만이 되어 버린다면
과연 내 스스로를 이해하고 용서하고 좋아할 수 있을까요?

그래서 저는 나의 감각과 감성이 얼어 버린 겨울 벌판처럼 냉정히 굳어가는 것은 싫습니다.
내 존재의 가치와 의미를 지키고 싶습니다.

그 예전 이십대를 지나.. 삼십대를 지나도록 주위 사람들은 말했었습니다.
"철 좀 들어라", "넌 날마다 그대로냐?"..

글쎄요.. 그것이 남들의 시선으로는 비아냥이고 욕일 수도 있겠지만..
최소한 내 자신에게만큼은 그렇지 않습니다.
아직도 남들은 제게 말합니다.
'푼수 같은 녀석..', '개구쟁이 같은 녀석..'

그렇습니다. 사람을 좋아하고 사람에 대한 미련이 많은 저에게..
지금도 사람을 만나 먼저 푼수 짓을 하며 떠들어 댑니다.
누군가는 '나이 들어 철없다'고도 하고, 누군가는 무시하기도 합니다.

그러나 한 가지 분명 한 것은 있습니다.
아무리 그래도 대부분의 사람들이 모임에 내가 참석 하지 않으면 계속 빨리 안 온다고 닦달을 하거나, 뒤늦게라도 가면 이제서야 왔냐고 마음으로 반기며 즐거워 한다는 것입니다.

이유는 단순 합니다.
만만하게 자기를 내보이거나 푼수처럼 낮추는 사람이 없기 때문 입니다.
참석자들 대부분 내숭을 떨거나 점잖만을 빼고 있기에 만남의 자리가 어색하거나 근엄하기만 합니다.

사람들은 서른을 넘으면서부터 삶이 조금씩 비겁하거나 둔감해 집니다.
예전의 그 꽃은 더 이상 그 꽃이 아니고, 순수한 눈물조차도 이젠 아름다운 눈물로 받아들여 지지 않습니다.
사람에 대한 생각 역시도 그토록 순수하다고 믿거나 올 바르고 정의롭다고 믿었던 사람이..
이젠 더 이상 잘 맞지 않는 것 같다는 마음이 들기도 합니다.

대화는 이미 그 예전의 대화가 아니고, 술잔을 마주하고 있어도 더이상 예전처럼 즐겁지 않습니다.

가슴 속 말을 모두 꺼내놓지 못하니 점점 할 말이 없어지고, 그냥 형식적이고 무미건조한 대화만 오고 갑니다.

그래서 푼수 같은 내가 자리를 함께하게 되면 금방 분위기가 활기차지고 즐거워집니다.

먼저 부끄럼 없이 푼수 짓을 하기 때문에 자신들도 잠시 근엄함을 풀거나 감정 표현에 솔직해졌기 때문일 것입니다.

지금도 이렇게 사람들 앞에서 푼수 짓을 하지만..

앞으로도 나는 변함없이 푼수로 살아 갈 것입니다.

왜? 그래도 사람이 좋기 때문에. .

사람은 사람과 함께할 때 행복하고, 사람 속에 사는 것이 인생이라 믿기에...

그렇습니다. 그래도 당신을 좋아합니다

늘 물었습니다. 무엇을 위해 사느냐고... 왜 살아야 하느냐고...
이런 정답 없는 질문을 30년 넘도록 했었습니다.
그리고 아직도 정확한 답변을 확신할 수는 없습니다.

하지만 지난 삶을 돌아보면 오직 단한가지만 가장 소중한 기억으로
남아 있습니다.
사랑 받았던 기억... 사랑 했었던 기억....

그것이 부모님이든.. 형제든.. 연인이든.. 친구든.. 선후배든... 동료
든.. 사제간이든...
그 어떤 사이든 간에.. 모든 사랑의 기억은 아름답게 남아 있습니다.

그래서 만약 먼 후일 나에게 남겨질 단 하나의 소중함을 말한다면...
그건 오직 '사랑'이라고 말할 것입니다.

수많은 경험을 하고, 수많은 배움을 하고, 수많은 사람을 만나도..
결국은 오직 '사랑' 하나만 남은 것입니다.

더 많은 꽃들을 보고서야 비로소..

활짝 핀 그 꽃보다 꽃을 피운 그 손길이 더 소중하다는 것을 알게 되었습니다.

더 많은 詩들을 읽은 후에야 비로소..

쓰여진 그 詩 보다 詩를 쓰는 그 마음이 더 소중하다는 것을 알게 되었습니다.

더 많이 그 사람을 사랑하게 되면서 비로소..

그 사람을 내가 더 사랑하는 것이 더 큰 행복이란 것을 알게 되었습니다.

비록 '니체'는 '진실은 없다. 다만 주관적인 해석만 있을 뿐'이라며 말했었지만...

그래서 참 진실은 쉽사리 판단할 수 없을 수도 있겠지만...

그래도 이제 나는 사랑만은 참 진실이라 믿고 싶습니다.

50년간 글쓰기를 한 80대의 노작가(제임스 A. 미치너)가 마지막에 쓴 책 "작가는 왜 쓰는가"에서 말했었습니다.

아무리 "깊이 생각해도 '작가는 왜 쓰는가'에 대해 포괄적 해답을 얻지 못하고 있다"라고..

그만큼 인생에 있어서 '왜?'와 '무엇을 위해?' 라는 것에 대한 해답을 얻기는 매우 어려운 문제인 것 입니다.

저 역시 아직 삶의 포괄적 진실과 인생의 '왜?'와 '무엇을 위해?'에 대해 정확히 알지 못할 수 있습니다.

하지만 아직 완전한 해답을 알지는 못했지만.. 그래도 이 정도는 알고 있다고 믿습니다.

'결국은 사랑이라고....'

"삶을 더 살아 보고서야 비로소..

저 들판에 묵묵히 기다리고 서서 그 누구에게든 그늘이 되어주는 큰 나무처럼..

또 강물 위를 지나 아무런 걸림 없이 떠나는 저 바람처럼..

남겨지는 것만큼 머무르지 않는 것도, 보여지는 것만큼 드러나지 않는 것도,

모두 그렇게 소중한 아름다운 것임을 알게 되었습니다.

떠나는 것도, 그리워하는 것도, 기다리는 것도,....

모두 소중한 사랑이었음을 그렇게 알게 되었습니다."

좋은 글을 쓰고, 좋은 꽃을 피우고, 좋은 사랑을 하는 것도 좋지만..

그렇게 좋은 것을 좋게 만들어주는 사람.

그냥 그렇게 시를 느끼고 꽃을 지키고 그 사랑을 지켜주는 그 사람을 사랑한다는 것.

남겨지는 것만큼 떠나감도 아름다울수 있음을 알기에..
드러나는 것만큼 사라짐도 소중할 수 있음을 알기에..
채우기 보다는 비워내고.. 쌓으려 하기보다는 낮추어 가고..
올라가려 하기 보다는 덜어 내며.. 그냥 단지 더 사랑하며 살아가야
한다는 것.

그래서 이제 무언가를 억지로 이루려 하기보다..
단지 쓰고 싶어서 써야 하고.. 그냥 하고 싶어 해야 하며..
그런 그 마음들이 진정 중요한 것임을 진심으로 인정해야 한다는
것.

그렇게 그저 시를 읽고 쓰고 꽃을 가꾸고.. 좋은 사람을 시랑히다가
바람처럼 떠나가는 것.
살아가는 삶 자체로 그 삶이 소중한 것임을 알기에...

누군가에게 인정받으려 하기보다 그냥 내 삶을 온전히 살아가야 하
기에..
오늘도 사랑하며 살아가야 한다는 것...
나는 그렇게 사랑의 소중한 의미를 알게 되었습니다.

그렇습니다.
저는 오늘도 사랑을 합니다.

저는 오늘도 당신을 사랑 합니다.

그래도 당신을 사랑합니다.

그래도 당신을 좋아합니다.

줄 수 있는 것을 가졌기에 삶은 아름답습니다

한해가 마무리 되는 시점에 인생 결산서를 집계해 봅니다. 아직 최종 결산이 끝나지 않은 연도별 중간 결산이지만 부끄럽고 초라하기 짝이 없습니다. 올해도 수입보다 지출이 많은 마이너스 인생. 내 세울 것도 가진 것도 없는 초라한 결산서... 그렇다고 해서 내년이 된다고 크게 흑자로 돌아설 가능성도 계획도 마땅히 없습니다.

또래 친구들 소식을 종종 듣습니다. 누군 이번에 승진 했다던데.. 누군 이번에 사업을 확장 했다던데... 그런 소식을 들을 때 마다 제 자신이 점점 더 초라해집니다.

그러다보니 어린 시절의 추억을 공유한 동창 모임도 나가기 싫어집니다. 오랜만에 모습을 보인 어느 동창은 고급 외제차를 타고 오고, 또어느 동창은 근사한 명함을 당당하게 내밉니다. 그런 모습을 볼 때마다 초라한 내 모습만 다시 확인하게 되는 것 같아 차라리 그런 자리를 피하게 됩니다.

정말 희안한 일입니다. 분명 부끄럽지 않게 살았는데.. 불의에 편에 서기 보다는 정의에 편에 섰고.. 강자에 빌붙기 보다는 약자와 함께하고.. 나 보다는 남을 위해 양보 했고.. 어렵고 힘든 사람의 눈물을 닦아주려 기꺼이 희생하고 고통 받았었는데.. 분명 당당하고 정의롭게 살았다고 자부하지만 이상하게도 인생 결산서는 초라하기 그지없습니다.

도대체 무엇이 문제인걸까요? 왜 인간적으로 살고, 의리 있게 살고, 공공의 선을 존중하며 살았는데 이렇게 부끄럽고 초라한 모습으로 보여지는 걸까요?

가진 것이 없기 때문일 것입니다. 가진 것이 많으면 남들에게 대우 받고 가진 것이 없으면 남에게 무시 받는 세상이기에...

그런데 가만히 생각해 봅니다. 그렇게 가졌다고 대우 받는 그 사람이 과연 나에게 무엇을 주었던가? 준 것은 아무것도 없습니다. 그냥 많이 가졌다고 은근 뽐내기만 하고 그것을 남들이 부러워할 뿐이지 주변 사람들에게 나누어 준 것은 별로 없습니다. 그런데 도대체 왜 그렇게 많이 가졌음을 자랑하는 걸까요? 그냥 남들이 부러워 하니까..

그렇습니다. 남들이 부러워하지 않으면 별반 큰 자랑거리도 아닌 것으로 자랑하고 있는 것일 수도 있습니다. 오히려 가지지 못한 사람을 상대적으로 초라하게만 만들뿐.. 실질적으로 도움 되거나 도움 주는 것도 아닌 것입니다.

그래서 저는 어차피 세상에 큰 도움 되는 것이 없기는 피장파장 마찬가지라면.. 단지 많이 가졌다는 이유만으로 그 사람에게 제 자신이 초라해지거나 부끄러워지지는 않아도 된다는 생각을 하게 되었습니다. 가진 것 많은 사람 때문에 내 자신을 더 초라해 하느니 차라리 생각을 달리 하자.

아무리 많이 가졌다 해도 나누어 줄 수 없다면 아예 안 가진 것과 별반 다르지 않다고... 어차피 저 혼자만 잘 먹고 잘 사는 것을 부러워한들 무슨 소용 있겠습니까. 단지 많이 가졌다는 자기자랑, 자기만족 그 뿐인 것인데 대단해보인들 무슨 의미가 있겠습니까.. 주위에 별 도움이 되지 않는 것은 가지지 못한 사람과 별 차이가 없습니다.

그래서 저 스스로에게 묻습니다. 넌 어떤 사람이냐? 가진 것 없는 사람이다. 그렇다고 그렇게 스스로를 부끄러워하며 살 것이냐? 그러긴 싫다. 그러면 너 자신의 자랑거리를 생가 해봐라. 비록 가진 것은 없더라도 너의 장점은 있을 것이다.

그리고 저는 깨닫게 되었습니다. 저에게 가진 것은 없지만 줄 수 있는 것은 있다고... 아직 줄 수 있는 것이 있다면 다행인거라고.. 줄 수 있는 것이 있다면 더 이상 부끄러워할 필요는 없는 것이라고...

나의 역할은 더 많이 갖기 보다 더 많이 나눠주기에 더 잘 맞다고... 서로 역할이 다른 것 뿐이고.. 잘 할 수 있는 것이 다른 것이라고... 더 갖기보다 나누어주는 운명을 숙명으로 받아들이며.. 그 속에서 삶의 행복과 의미를 찾아야 한다고... 내 존재의 소중함을 갖음에서 찾기 보다 나눔에서 찾아야 한다고... 더 많이 갖지 않아도 삶은 아름다울 수 있다고...

꼭 많이 가져야만 나눌 수 있는 것이 아닙니다. 함께 걸어줄 수 있는 나눔.. 함께 울어줄 수 있는 나눔.. 함께 웃어줄 수 있는 나눔.. 함께 안아줄 수 있는 나눔.. 함께 바라봐줄 수 있는 나눔.. 함께 공감해줄 수 있는 나눔.. 함께 기대줄 수 있는 나눔.. 함께 기다려줄 수 있는 나눔.. 함께 쓰다듬어줄 수 있는 나눔.. 함께 믿어줄 수 있는 나눔.. 함께 손잡아줄 수 있는 나눔.. 도 얼마든지 있습니다.

지금 비록 가진 것 없어도 저는 그런 '함께'라는 '나눔'들을 주려고 합니다.. 다른 사람들은 그 까짓것이 무슨 소용이냐 말해도 저는 주려고 합니다.

남들은 돈을 받아야 좋아 하고, 힘을 얻어야 좋아 한다지만.. 진심이 그립고, 위로가 아쉽고, 사랑이 아프고, 추억이 고프고, 희망이 필요하고 공감이 필요한.. 사람들도 있습니다.

그래서 진심을 들려주고, 사랑을 보듬어 주고, 추억을 떠올려 주고, 희망을 들려주고.. 위로가 되도록 달래주고 공감해주는 것만으로도 좋아할 수 있는 사람들도 있습니다.

그런 분들에게 저는 나누어 주겠습니다.

잊지 못하는 추억을 떠올릴 수 있게.. 아련한 그리움의 기억을 주고..

아픈 상처를 잠시 잊을수 있도록.. 그 사람 아픔을 보듬어 주고..

답답한 가슴이 풀어질 수 있도록.. 그의 이야기를 차분히 들어주려고 합니다.

시린 마음이 녹을 수 있도록.. 따스하고 포근하게 안아 주고..

치밀어 오르는 분노를 삭힐수 있도록.. 가만히 달래 주고..

억울한 사연이 덜어질수 있도록.. 그의 편이 되어 함께해주도록 하겠습니다.

사랑 받지 못하는 자신을 미워하는 마음이 줄어들 수 있도록.. 위로의 눈빛으로 지켜봐 주겠습니다.

그런 유치한 것 따위는 필요 없고.. 남들 말대로 돈이 더 좋은 건 맞다 해도.. 어차피 돈 많이 가진 남들은 돈을 주지 않지만.. 제가 가진 것은 남들이 가지지 않은 것이고.. 남들이 줄 수 없는 것이고.. 남들이 주지 않는 것이기에..

저라도 저의 것을 나눠 주려고 합니다.

물론 그런 것들은 돈으로 해결할 수 있다고 말해도.. 파는 곳도 모르고 사주는 사람도 없기에 제가 주려고 합니다. 돈으로만 쉽게 구할 수 없는 것들을 제가 가지고 있기에 나 비록 가난하지만.. 돈 없이 줄 수

154

도 있는 것이 있기에.. 진심만이 있는 제가 그 진심을 나눠주겠습니다.

남들보다 더 가난했기에 줄 수 있습니다. 남들보다 더 슬펐었기에 줄 수 있고, 더 외로웠기에, 더 아팠었기에, 더 힘들었기에, 더 눈물 흘렸었기에 줄 수 있습니다. 비록 이것만이지만.. 이것이라도 줄 수 있습니다.

줄 수 없는 것을 많이 갖고 있지 않기에.. 남에게 줄 수 없는 것을 안 가졌기에.. 남을 힘들게 할 일도. 원망 받을 일도 없습니다. 그래서 비록 제가 가진 것이 그뿐이라고 해도.. 제가 가진 볼품없이 보이는 것들이라 해도.. 쓸모 있을 수도 있음을 알았습니다.

그래서 더 이상 부끄럽지 않기로 했습니다. 많이 가진 남들보다 줄 수 있는 것이 있기에.. 많이 가진 남들보다 줄 수 있는 것이 더 있기에.. 이렇게 제가 가진 것들은 줄 수 있기에 아름답다는 것을 이제 저는 알았습니다.

이렇게 비로소 삶의 의미를 알았습니다. 왜 그분들이 빈손을 부끄러워하지 않았음을.. 왜 그분들이 빈손으로 살아도 당당할 수 있었음을.. 왜 우리가 많이 갖지 않아도 아름다울 수 있는가를.. 왜 우리 살아감이 모두 소중할 수 있는가를..

그래서 저도 주려고 합니다.

그래서 저는 제 인생을 소중하다 인정하고 살아가려 합니다.
그래서 저는 또 제가 가진 것을 주도록 하겠습니다.

우리 인생은 그렇게 줄 수 있기에 아름다운 것이었습니다.
그렇기에 줄 수 있는 것을 가진 당신 역시도 아름다운 사람입니다.
함께하는.. 그것으로도.. 당신 삶은 아름답습니다.

'사막의 꽃' 같은 그 사람이 고맙습니다.

모든 대지는 생명을 잉태하고 꽃을 피웁니다.

그리고 그렇게 생명을 잉태하고 꽃을 피우는 그 밑바탕에는 바로 대지의 사랑이 있습니다.

생명과 창조와 성장과 성숙을 이뤄내는 어머니 같은 사랑.

그래서 모든 대지의 그런 사랑은 위대하다고 존경 받습니다.

하지만 그런 대지의 사랑 중에 사막 같은 보기 드문 사랑도 있습니다.

본래 대지는 풍부한 포용력으로 물기를 가득 머금고 온갖 미생물을 자기 안에 담아내는 것은 물론 세상 모든 동식물들을 길러내기까지 합니다.

그러나 사막은 뜨거운 태양아래 오랜 세월 힘겹게 견디다보니 자신의 그 어디에도 그 무엇을 함부로 간직하거나 키워낼 수가 없습니다.

열사의 땅은 결국 대지의 본래 성질조차 말라버린 것입니다.

하지만 그런 만큼 사막의 땅은 오랜 세월 바람과 땡볕에 걸러진 만큼 너무도 깨끗해서..

비록 메말라 있을지라도 그 어떤 불순물도 없이 순수 합니다.

물론 황토처럼 모든 것을 포용하고 자기 속에 기르는 대지도 위대하
지만..

비록 사막의 모래땅처럼 건조하고 메마른 것 같아도 그 어떤 땅보다
순수한 모래땅도..

끝까지 땅으로의 본래 모습을 지키며 견디고 있는 것도 대단한 것
입니다.

무엇이 더 좋고 무엇이 더 가치 있는지에 대해서는 여러 생각이 있
을 수 있지만..

분명한 것은 사막 같은 순수함이 그립고, 소중한 시대임은 분명 합
니다.

사람도 사랑도 그렇습니다.

모든 사람들을 포용하고 모든 사람을 이해하며 어울릴 줄 아는 그런
너그러움도 좋지만..

이런저런 잡다한 것에 섞이길 싫어하고, 그런 고고함을 즐기며 삶에
엄격한 사람도

나름대로 멋스럽다 할 수 있습니다.

그래서 황토 대지의 꽃들은 흔하게 볼 수 있지만 사막의 꽃은 흔하

지 않습니다.

황토만큼 많은 꽃을 피우지는 않지만 어렵게 피운 그 꽃들은 세상 그 어떤 꽃보다 존귀 합니다.

게다가 그 어떤 불순물도 섞이지 않은 그 뜨거운 모래땅에서 피워 낸 사막의 꽃은..

또 얼마나 순수할까요..

내가 아는 사람도, 사랑도 그렇습니다.

많은 꽃을 피워내어.. 많은 아름다움과 많은 사람들에게 보여 지는 것도 중요하지만..

결코 세상에 흔히 볼 수 없는 '순수한 꽃', 하지만 그 무엇보다 뜨거운 '열정의 꽃'을 피워 내는..

'사막의 꽃'이 더 소중하게 생각 됩니다.

많은 유혹과 지독한 외로움의 시간들을 견뎌내고..

때론 그 뜨거운 모래 바람 속에서..

또 때론 그 뜨거운 열사의 땡볕 위에서 자기만의 꽃을 피워 내는 그 사람이, 그 사랑이..

'사막의 꽃'처럼 아름답게 느껴집니다.

그 기나긴 외로움의 시간들을 견디고 그 힘겨운 유혹의 시간들을 견뎌내는

그 '사막의 꽃' 같은 그 사람, 그 사랑이 고맙습니다.

이제 나에게로 걷습니다
'나'에게 가장 소중한 '나'를 찾아가는 길..

밥만 먹고 살다가기에는
삶은 너무 아름답지 않은가..

밥만 먹고 살다가기에는 삶은 너무 아름답지 않은가.
귀 막고 눈 돌리며 혼자만의 행복을 찾다 살다가기에는..
세상의 역사란 너무 장엄하지 않은가.

그래서 비록 먼지처럼 사라지는 미미한 존재일지라도..
삶과 세상을 외면할 수는 없다네.

그러기에 난 세상 속에 뛰어들어 함께 울고 웃고, 힘껏 부둥켜 안으며..
살아있음과 살아감의 소중함을 느낀다네.

그렇게 사람과 사람 속에서 마주하며 살아가고..
약자와 정의에 편에 선 것만으로 좋은 사람으로 산 것이고..
그것만으로 멋진 삶이고, 그것만으로도 삶은 소중하다는 것을 나는 알고 있다네.

이름을 남기려고 하지 않는다네.

위대하려고도, 존경 받으려고도 하지 않는다네.

때론 그것조차 욕심일 수도 있고, 그것을 남기기 위해 누군가에게 눈물이 될 수도 있기에.

굳이 세상에 널리 알려진다고 해서 대단한 삶도 아니고

세상에 많이 도움이 되는 삶도 아니기에.

차라리 무명으로 살다가기에 삶을 온전히 느끼며 자유롭게 사는 거다.

인간은 자유로운 존재일때 비로서 인간다워진다.

그래서 자유로운 삶을 산다는 것만으로 충분히 좋은 삶이다.

권력자가, 재벌이, 가짜 사제가 짜놓은 정해진 울타리 안에서..

그것이 진짜인줄, 전부인줄 알며 그 속에서 아귀다툼으로 허우적이며 살면서도

스스로 열심히 산다고 믿는 인생이라면 과연 그런 삶이 옳은 건가.

눈을 감고 생각해 본다.

과연 무슨 꿈을 꾸었고 무슨 일을 하고 싶었던가.

비록 지금 당장 그 꿈을 이루지는 못해도 포기하지 않고 한걸음씩 가야 하지 않는가.

당장의 현실이 어렵더라도 또 한걸음 더 가보는 것이 우리 살아감이 아니던가.

그것이 우리 살아 있는 이유가 아니던가.

그렇게 '삶'과 '삶'의 소중한 가치를 이제는 안다.
그렇게 '자유'와 '자유인'의 위대한 가치를 이제서 안다.

그래, 걷는다.
그렇게 나에게로 돌아오며 걷는다..

그래, 걷는다.
스무살때 술 취한 선배를 위해 함께 걸었다.
서른살때는 아픈 후배를 위해 함께 걸었고,
마흔이 되어서는 외로운 친구를 위해 여전히 함께 걷는다, 걸어준다.

지금껏 그랬듯이.. 앞으로도 역시..
남들에게 챙김 받기 보다는 남들을 챙겨주는 사람으로 그렇게 걷는다.
사랑 받기보다는 사랑해주는 사람으로 늘 그렇게 그 사람을 위해 함께 걷는다.

설령 다른 사람들이 이렇게 걷고 있는 내 맘을 알지 못한다 해도..
저 하늘 달님만은 내 진심을 알거라 믿으며 그렇게 또 길을 걷는다.
걸었었다.

비록 지금 걷는 이 걸음이..

나 자신에게는 때로 제자리를 맴도는 일이었고..
또 때로는 뒷걸음질일 때도 있지만 그래도 걷는다.

스스로 옳다고 믿기에 걷는다.
그냥 내 길이기에 걷는다.

모두를 챙겨주고 혼자 돌아오는 밤길..
30년전에도, 20년전에도, 또 10년전에도..
늘 그렇듯이 지금도 혼자 그렇게 나에게로 돌아온다.

지금도 나는 여전히 약하고 순한 사람이지만 그래도 또 사람들의 밤
길을 지켜준다.
그 사람을 그냥 보내기는 너무 아쉬웠기에..
그냥 그것이 옳다고 믿기에.. 그냥 그렇게 혼자 돌아왔다.

내 인생은 늘 그런 식이다.
어릴 때에도 그랬고, 나이가 들어서도 여전히 그렇게 외롭게 나 혼
자 돌아온다.
그러나 그래도 나는 괜찮다.

'나는 괜찮다'고 믿으니까.
그래도 옳은 것은 옳은 거니까.
나이를 먹어도 옳은 건 옳은 거고,

아무리 세상이 변한다 해도 옳은 건 마찬가지인 거니까,

오늘도 나는 걷는다.
그리고 내일도 나는 걷는다.
언제나 그렇게 함께 걷는다.

'어설픈 감성주의자'의 고백을 담은 편지

삶은 왜 그리 아프냐..

열심히 살아도 아프고, 열심히 살지 않아도 아프다.

정의롭게 살아도 아프고, 비겁하게 살아도 아프다.

사랑을 해도 아프고, 사랑하지 못해도 아프다.

꿈을 찾아 성공을 해도 아프고, 꿈을 잃고 방황을 해도 아프다.

원래 삶이 그렇더라.

어느 겨울.. 초저녁 눈발이 흩날리는 날..

초라하게 실패해 혼자 쓸쓸히 밤길을 걸을 때..

누군가 단 한명이라도 전화를 해주길 간절히 바랬건만 끝내 연락은 오지 않았지.

연탄난로가 피어오르는 선술집을 지날 때..

훈훈한 국물이 피어오르는 감자탕을 마주하고 오순도순 소줏잔을 기울이는 웃고 떠드는 사람들..

하지만 내가 만날 사람은 그 누구도 없었네..

쓸쓸히 발길을 옮기지만.. 창문 안으로 비치는 정겨운 모습에 왈칵 눈물이 터지고 말았네..

그렇게 흩날리는 눈발 속에.. 홀로 세상에 버려졌다네..

나는 물었다.

도대체 너는 뭐냐고.. 왜 이렇게 사냐고..

왜 이것 밖에 안되냐고..

그냥 눈물이 났다.

오년전, 십년전, 십오년 전.... 그 때도 믿었었다.

이 시간이 지나면 언젠가는 다 잘 될 거라고..

하지만 잘 된 건 아무 것도 없었다.

별로 좋아진 건 없었고.. 여전히 난 혼자 울고 있었다.

그토록 세상을 사랑했지만.. 그토록 사람을 사랑했지만..

그렇게 홀로 세상에 버려졌다네..

연탄난로 훈훈한 선술집을 지나며..

뿌연 창문 너머로 사람들의 정겨움을 부러워하며 혼자 걸었네..

내가 사랑한만큼 세상은 나를 사랑해주지 않았지만...

그래도 나는 세상을 사랑 했네..

어쩌면 이 모든 것들이 겨울 밤거리를 혼자 지치며 걷기 때문인지도 모르겠다.

이래서 난 혼자 있으면 안 된다. 억지로라도 함께 있어야 한다.

고작 내 눈물은 이것 밖에 안 되고, 내 감성은 이것 밖에 안 된다.

이래서 나는..
'어설픈 감성주의자'.. 일 뿐이다..

결국 편지 한 장을 쓰기로 한다.
지금 할 수 있는 건 이것뿐이다.
편지를 적으며 솔직히 고백한다.

'세상이 아무리 힘들어도 울지 마라.. 그럴 수록 너는 세상에서 멀어진다.

너 같으면 울보 친구와 함께 하고 싶겠니, 아니면 멋있고 재미난 친구와 함께 하겠니?

세상은 우울하고 힘겨운 이야기 보다는 즐겁고 신나는 이야기를 좋아하고..

슬프고 진지한 이야기 보다는 즐겁고 재미난 이야기를 좋아한다.

어둡고 힘겨운 이야기 보다는 화려하고 기쁜 이야기를 좋아한다.

그러니 울지 마라.. 네 눈물은 안타깝지만 그들도 이미 많이 지쳐 있고 즐겁고 싶단다..'

이런 생각을 수 없이 하면서도..

이미 잘 알고 있으면서도.. 결국 나는 눈물을 참지 못한다.

그래, 너는.. 당신은..

꼭 행복해라.. 행복해야 한다.

사랑하는 '나'의 '나'는 잘 있느냐..

언제 세상이 나에게 단한번이라도 너그러운적 있었더냐..
언제 세상이 나에게 단한번이라도 만만한적 있었더냐..

세상은 늘 나에게 가혹함과 냉정으로 외롭게 대했었지만..
그래도 난 무릎 꿇고 굴복하지도 않았고..
돌아봐 달라고 매달리거나 애원하지도 않았었네..

묻는다. 아직도 잘 있느냐?
비록 외로운 것이 인간이라지만..
열 살 때도 혼자, 열다섯 살, 스무 살, 스물 다섯, 서른, 마흔에도.. 계
속 혼자..
그래도 외로움 속에서도 끝내 살아남았다는 추억 하나는 남았구나.

비루한 삶이, 외롭고 서러운 시간들이 언젠가 더 아름다운 열매를
맺을 거라 믿고..
삼십년을 견뎠지만 여전히 외롭고 아프기는 매한가지구나..

이미 외롭고 아플거라 생각 했었지만..

이미 그럴거라 알고 있었지만 그래도 왜 그리 아프더냐..

삶은 왜 그리 아프더냐..

오죽하면 오 헨리는 '글 쓰는 것'만으로도 '당신은 외로운 거'라고 '고통을 견뎌낸' 거라고..

인간은 그렇게 외로운 존재라고 말했지만..

그래도 어스름이 물든 저녁, 비가 오는 저녁, 지독한 설움의 멍에를 짊어지고..

혼자 돌아오는 마음은..

이미 소년에서 중년이 되었지만 여전히 왜 그리 서럽더냐.

'울지 마라'고 이십년 전에도, 또 십년 전에도 스스로를 토닥였지만..

왜 아직 눈물은 마르지 않더냐..

그래도 끝내 살아남았다고 말하지만.. 왜 그리 쓸쓸 하기만 하더냐.

그래, 묻는다.

오늘도 비가 오는데.. 여전히 당신이 그리운데 아직도 잘 지내느냐..

그게 나였고, 그래서 '나'는 '나'의 '나'를 사랑 하는데...

나는 아직도 나를 사랑하며 잘 있느냐.. 묻는다.

173

'나'의 '나'는 잘 있느냐..

사랑하는 나의 나는 잘 있느냐..

끝까지 '나'의 '나'로 살아가는 '나'는 잘 있느냐..

늑대가 달밤이면 언덕에서 울부짖는 이유

학창시절 나에게는 꿈이 있었지..

뭐 위대한 사람이 되겠다거나 크게 성공하겠다거나 하는 그런 것은 아니었어..

그냥 단지 막연히 남들처럼 그렇게 평범하게 살고 싶지는 않았어..

지금 생각하면 아무것도 모른다고 생각되는 고등학교를 입학한 직후..

친구 자취방에서 시詩를 썼었고 그리고 꽤 오랜 세월이 지난 지금..

나는 그 시절 미리 예감한 운명처럼.. 그렇게 살게 되었어.

거기에 더해 열아홉살에 썼던 '원주율'이란 소설은 평생 내 운명과 내 삶의 지도를 이미 대충은 그려놓은 듯 해.

그 소설은 황야의 늑대가 되고 싶어 하는 반항기 많은 '검은개' 한 마리가 계속 자신을 옭아맨 말뚝을 끊고 탈주를 시도해..

하지만 다시 마을 근처를 먹잇감을 찾아 초라한 모습으로 어슬렁거리는 이야기로 구성 되었거든..

뭐, 물론 결말은 그게 아니지만 어쨌건 주요 테마는 그래..

내가 어떤 생각으로 내 스스로의 삶을 그렇게 예언 했는지는 모르지만...

결국 나는 그렇게 살게 되었어.. 아픈건지.. 슬픈건지 모르게...

첫 직장에 입사하며 입사 이틀째 결심한 것이 있어.

이 회사에 뭐가 되겠다가 아니라 십년만 세상사 배운다 생각하고 열심히 다니다가..

수행자가 공부가 끝나면 하산하듯 반드시 십년후 퇴사 하겠다는 결심이었으니까..

그리고 실제로 그 약속은 지켜졌고..

그래, 난 이미 십대 시절 내 운명을 예감 했듯이..

그렇게 자유에 대한 본능적 갈망으로.. 늘 반항하면서도.. 이유를 알 수 없는 쓸쓸함으로..

늘 자유인으로 살기를 원했고..

남들이 만들어 놓은 규칙과 제도와 굴레에 적응하지 못하고.. 늘 벗어나려 몸부림치는 삶을 살았지.

맞아. 스스로 선택한 참 피곤한 삶이지..

하지만 오직 밥만 먹고 살려고 내 인생을 모두 가두어 놓기는 싫었어..

정말 한마리 들개처럼.. 늑대처럼 세상에 맞서 세상 안에 가두어지지 않고 자유롭게 살고 싶었어.

하지만 그런 내 반항은 결국 춥고 배고픔으로..

내가 그 예전에 쓴 소설 '검은개'의 반항처럼.. 그렇게.. 쓸쓸히 되돌아 오고는 했지.

말뚝에 묶이기를 포기하고 늘 자유롭게 들판을 내달리던 '검은개'..였지만

결국은 다시 먹이를 찾아 어슬렁거리는 그 '검은개'처럼.. 그렇게 나는 되돌아 왔어.

그래도 삶의 '책임감'이라는 이름으로.. 밥은 먹고 살아야하는 생존이란 문제로..

꿈만 갖고 살기에는 너무 세상을 많이 알아버린 나이랄까..

아니면 현실을 인정하고 그냥 가끔 자유로운 일탈로만 삶을 타협해야 했었지만..

난 늘 습관처럼 나의 길을 찾아 나섰어..

하지만 난 언제나 유난히 추운 겨울이 오래 길어질 때마다 들판으로 나서게 된거지..

결국 나이를 더할수록 상처투성이 몸을 안고.. 황야의 외로운 늑대 한 마리처럼..

오늘도 길을 잃고 떠도는 늑대를 닮은 들개 한 마리처럼.. 그렇게 무리를 이탈 했지.

모든 것들로부터 버림 받고 오직 외로운 황야의 이리로 살아야 하는

것이 남자의 일생이라지만..

사십이 넘어서야 비로소 황야의 늑대가 달빛 보며 울부짓는 이유를 알게 되었어..

그 달빛에 감춘 울음의 의미를 알게 되었어..

그 달빛에 감춘 울음의 의미를 알게 되었어.

삶은 바로 그런 거였어..

무리를 뛰쳐나간 늑대의 고독처럼..

기나긴 고난의 겨울 밤.. 외로움과 배고픔이 함께 닥쳐오는 순간에도..

피처럼 모아둔 고깃덩이를 가족들을 위해 남겨두고..

자유를 찾는 대신.. 새로운 먹이를 찾으러 겨울 벌판을 홀로 헤매는 중년의 늑대..

이미 이빨은 낡고 발톱은 약해졌어도..

그래도 아직 그동안의 사냥 경험은 충분히 남아있다.

사냥은 힘으로가 아닌 노련함으로 한다고 믿으며 사나운 눈보라를 헤치는 겨울 늑대..

무리를 지어 몰려다니는 늑대들은 살기가 낫지만..

무리를 뛰쳐나온 한 마리 외로운 늑대는 훨씬 힘겹게 겨울 들판을 헤매야 하는 거지..

그렇게 무리를 뛰쳐나와 눈보라 치는 황야를 걷는 외로운 늑대..

운명을 떠나.. 무리를 떠나.. 혼자가 된 후.. 마음껏 자유롭게 광야를 달리며.. 살려 했지만..

그런데 그 늑대는 무리에서 버려진 늑대로만 남겨졌을 뿐..

아무도.. 그의 자유를 인정하지 않았고.. 그 자신조차도 결국은 자유롭지 못했어.

이제 겨울늑대는 절벽위에서 달빛을 보며 울지..

끝내 벼랑 끝에 홀로서서 울지.. 저 하늘 달을 보며 혼자 울지..

사람들은 말하지. 늑대는 강하다고.. 늑대는 무섭다고..

그러나 이제 늑대가 달빛 보며 울어야 하는 이유를 아는 나이가 되었어.

이 밤을 혼자 걷다보면 알지..

나도 달빛 보며 울고 싶기에.. 늑대의 울음에 의미를 알게 되었어.

늑대는 오늘도 언덕에서 달 보며 운다..

애비 늑대를 그리며 그렇게 운다.. 살아가는 운명이 아파 오늘도 운다.

그게 바로 중년의 삶이라지만.. 나는 안다.

그것도 오직 온전히 나만의 몫이고 끝내 견뎌가야 하는 것이 나의 운명이라는 것을..

그러나 또 안다. 비록 실패했지만 실패하지 않았다는 것을..
내 삶에 아직도 해야할 사랑은 남아 있기에..

그리고 또 안다. 비록 실패했지만 실패하지 않을 수 있다는 것을..
내 삶에 아직도 이루어야할 꿈은 남아 있기에..

세 번째 이야기 : 이제 나에게로 걷습니다

그냥 자기 길을 간다는 것의 의미..

25년 지난 지금도 기억에 남는 어느 분의 말씀이 있습니다.

"무슨 일을 하려면 철저히 무심하게 이타적으로 해야만 지치지 않고 계속 그 일을 해나갈 수 있다"는 말씀은 오래도록 가슴에 남아 어떤 삶의 선택이나 의문이 들 때 마다 큰 지침이 되어 주었습니다.

부모가 자식을 사랑하는데 무슨 조건이 있고 무슨 이유가 있고 무슨 결과를 바라는 것은 아닙니다. 단지 자기 자식이니 무조건적으로 그냥 사랑하는 것입니다.

그 어떤 일을 해도 그렇습니다. 세상이 자기를 알아주고 크게 성공하고 돈도 많이 벌면 좋겠지만 꼭 그렇지만은 아닌 것이 세상살이 입니다.

그런데 거기에 미련을 갖고 연연하다가는 자기가 가고자 하는 길을 못 가게 됩니다. 힘들고 지쳐서 포기하거나 마음을 바꾸어 다른 길을 찾게 됩니다.

물론 가장으로써의 의무를 가진 사람들은 경제적인 문제 때문에 욕심도 갖고 미련도 생기게 됩니다. 하지만 정당한 대가만을 취하고 무리한 욕심이나 억지 미련은 부리지 말아야 합니다.

세상 속의 성공이란 이렇습니다. 세상의 수레바퀴가 그리로 흘렀고, 행운이건 불행이건, 의도했건 아니건 간에 마침 그 자리에서 열심히 노력하고 있어서 그리 된 것일 뿐 입니다.

운 좋게 세상 흐름과 맞으면 좀 더 편하고 유명한 사람으로 사는 거고, 시대와 맞지 않으면 그냥 열심히 살아간 사람으로만 사는 것입니다.

이런 원리는 정치인도, 연예인도, 사업가도, 직장인도, 창업자도 모두 마찬가지 입니다.

늘 꾸준히 청국장을 만들었는데 마침 세상에 참살이(웰빙) 바람이 불어 그 도시에서 가장 유명한 맛 집으로 장사가 크게 성공할 수도 있지만, 그냥 아는 사람들만 아는 숨겨진 전통 맛집으로만 남을 수도 있습니다.

비슷한 원리로 소신과 양심을 지키며 미래를 제시한 중앙 정치인으로 인정받을 수도 그냥 지조와 정의를 지킨 지방 정치인으로 끝 날수도 있습니다.

창의적이고 성실한 직장인으로 있다가 세상 변화에 따라 그 사업부에 몸담은 직장인은 크게 빛을 볼 수도 있고, 반대로 능력은 있지만 사양길에 접어든 사업부에 몸담고 있던 직장인은 역량 발휘를 못하고 사라질 수도 있습니다.

그래서 나이가 먹어 간다는 것은 '버리는 것을 알고, 미련을 버릴 줄 아는 것이다'라며 이미 여러 성인들이 비우라고 가르쳤었습니다.

버스가 큰 것은 자가용과 비교하기에 큰 것이고, 만약 자가용 혼자만 있으면 크다, 작다가 없다는 것 입니다.
그래서 다른 것과 비교하지 않으면 더 큰 것에 집착할 필요도 없지만 사람들은 늘 비교하며 더 큰 것에 집착 합니다.

물론 더 '큰차' 타고, 더 '큰집' 짓고 싶을 수도 있지만 그것이 물 흐르듯 자연스럽게 이루어지면 그리 사는 거고, 아니면 마는 건데 억지로 매달립니다.

그런데 억지로 매달리다가 결국은 거기에 빠져 자기 자신 조차도 잃어버리는 상황이 됩니다.
언젠가는 모든 것을 내려놓고 떠나는 것이 사람의 운명인데 왜 그리 억지를 쓰며 매달리는 걸까요.

너무 매달리게 되면 사람은 추해집니다. 돈에 추해지고, 권력에 추해지고, 욕심에 추해지는 사람.

그래서 비워가고 미련을 놓아버리는 연습을 해야 합니다. 더 나이가 들었을 때는 완전히 자유로워 질 수 있는 사람이 되어야 삶의 나이듦이 두렵지 않습니다.

이제 결과도 중요하지만 과정에 더 큰 의미를 두어야 합니다.

신神이 나에게 어떤 시련을 주는 것은 이 시련을 통해 앞서간 자로써의 지혜를 주고, 누군가에게 용기와 위로를 전해주라는 의미로 생각해야 합니다.

연예인은 음악과 춤과 연기로 즐거움과 기쁨을 주지만 나는 내 스스로의 방식으로 감동과 위로를 주면 됩니다.

그 형식이 중요한 것이 아니라 그 본질이 무엇이냐가 더 중요한 것이라 봅니다.

대보름 밤, 아무리 구름이 끼어도 보름달빛 때문에 세상이 환합니다.

이처럼 아무리 구름이 끼어도 결국 세상을 밝게 비춰 줄 수 있는 것. 사람들 마음속까지도 은은히 비춰주는 것. 그래서 결국 되돌아보게 만드는 것.

이렇게 남들이 알아주지 않아도, 스스로가 인정하면 된 거고, 바로 그것이 '무명인'으로 살아가는 보람입니다.

거기까지 만이 자신의 몫 이라면 그것을 인정하고 그냥 그 길을 가면 됩니다.

그러면서 아직 인생의 길을 모르는 그 누군가에게 알려주고 위로해주면 됩니다.

이런 평범한 길도 소중한 것임을.. 이런 나만의 길도 아름다운 것임을..

그것이 바로 그냥 자기 길을 간다는 것의 의미 입니다.

이제 스스로를
당당하고 자랑스럽게 인정하면 됩니다

　나이를 먹는다는 것은 자신의 삶을 있는 그대로 인정한 다는 것입니다.

　이제 부귀하지 않아도 자기 삶이 부끄럽지 않고, 부귀하지 않기에 생기는 어려움이 있어도 그것을 불행으로만 생각지 않습니다.

　오히려 이만큼이라도 세상의 본질을 알고 사회 현상의 진실과 거짓을 구분할 줄 알게 된 것도 삶의 힘겨움 때문이라고 믿는 것 입니다.

　그래서 삶의 깊이나 성찰이란 것이 그냥 생겨나는 것이 아니라 삶의 고통으로 이루어진 연륜의 결과물이기에 어려움을 어려움으로만 생각하지는 않는 것입니다.

　사실 누구나 젊은 시절에는 멋지고 화려하게 살길 원합니다. 하지만 그런 시기가 지나고 나면 작은 아쉬움은 있을지라도 큰 미련은 없습니다.

　이제 그런 화려함 보다는 무엇을 남기고 무엇을 위해 사느냐, 후회

없이 살았느냐를 묻는 때가 되었습니다.

매일 부귀영화의 즐거움만을 꿈꾸며 살수는 없다. 거기에만 만족하며 살기에는 무언가 마음이 허전 합니다.

내 삶의 의미도 생각해야 합니다.

그래서 부귀하지 않다고 괴로워하지 않으며, 가난하다고 외롭거나 두렵지 않아야 합니다.

단지 아무리 먼지처럼 지나는 것이 인생이고, 한여름 밤의 꿈에 불과한 것이 인생이라지만 그냥 아무런 의미 없이 흘려보내는 삶을 산다는 것이 안타까움일 수 있습니다.

그런 생각조차 인간이란 존재를 대단하게 생각하는 오만이고 착각일지라도 그래도 먼 후일 내 스스로는 인정할 수 있는 '내가 살았어야 할 이유'가 있어야 할 것 입니다.

내 삶이 또 다른 누군가에게 도움이나 위로가 되거나, 좋은 기억으로 남을 수 있는 삶이어야 내가 살아온 날이 무가치 하지는 않을 것 입니다.

그래서 나만을 위한 욕심이나 가벼운 재미만 찾지 말고, 때로는 무겁고 힘들더라도 깊이가 있고 의미가 있는 삶을 찾아야 합니다.

사람들 마음속에는 누구나 크게 성공하고 싶은 마음이 있습니다.

그런데 사실 크게 성공한다는 것도 어쩌다 운 좋게 운동 잘하는 사람, 노래 잘하는 사람, 춤 잘 추고 그림 잘 그리는 재능을 가진 사람으로 태어나 세상에 더 돋보인 것일 수도 있습니다.

또, 누구는 운 좋아 부잣집에 태어나 자기 능력 이상으로 편하게 사는 것이고, 누구는 운 나쁘게 가난한 집에 태어난 것일 뿐이니 그로인해 기죽을 필요도 없습니다.

그래서 부귀와 유명세가 부러울 수도 있지만 별 대단한 것이 아니라고 생각하면 그만이고, 자신이 그렇지 못하다 해서 너무 괴로워할 필요도 없습니다.

어차피 그런 것들은 어린 시절 소풍에서의 뽑기 놀이 같은 것 입니다. 단지 운 좋아 뽑기에 당첨되고 운 나빠 떨어진 차이뿐인 것을 너무 안타까워하지는 말아야 합니다.

어차피 10평 방에서 자나 100평 방에서 자나 내 한 사람 누운 자리는 1평도 안 됩니다. 그냥 넓은 집에서 안 살면 되는 것 입니다.

오히려 넓은 집에서 살고 싶은 그런 욕구를 참고 자제하고 무명으로 사는 사람이 훨씬 더 대단한 것 입니다.
비록 작은 집에 살더라도 사랑, 희망, 사람, 정의 등을 끝까지 믿으며 또 누군가에게 희망과 위로가 되어줄 수 있다면 그것도 의미 있는

세 번째 이야기 : 이제 나에게로 걷습니다

삶이고 멋진 인생입니다.

어쩌면 그것이야말로 외롭고 힘들어 본 사람들만이 할 수 있는 대단한 가치입니다.

그래서 비록 대단한 무언가를 남기지 않더라도..
이 힘든 세상에도 죄짓지 않고 온정으로 사는 착한 그 삶이, 비겁과 위선과 배신이 난무하지만 그런 유혹에서 스스로를 지켜가고 있는 정의롭고 올바른 그 삶이 가치 있습니다.

오늘도 남에게 아무 피해주지 않고 정직하게 사는 그 삶이 반칙과 편법으로 자기 잇속만 챙겨 성공한 그런 삶보다 훨씬 더 소중 합니다.

바로 그렇게 진정 당당하고 소중하고 아름다운 사람으로 살아가는 사람이기에..
이제 충분히 당당하고 자랑스럽게 스스로를 인정하면 됩니다.

세상에 지는 것이 아니라,
더러운 것들을 버렸을 뿐..

한 젊은이가 있습니다. 지금 당장 가진 것은 없지만 희망과 큰 꿈만을 갖고 힘든 현실을 헤치며 세상에 도전하고 있는 사람이었습니다.

하지만 현실은 호락호락하지 않았고 맨주먹으로 덤빈 세상은 가혹하기만 했습니다. 열심히 노력했지만 무엇 하나 뜻대로 되지 않는 날들이 계속 되자 점점 삶에 지쳐가고 있었습니다.

이제 너무도 힘든 마음에 풀썩 쓰러질 것 같은 어느 겨울 밤.
문득 밖을 보니 눈이 오고 있었습니다. 그것도 엄청나게 내리고 있었습니다.

눈이 '펑펑' 오는 것이 아니라 '푹푹'이라고 표현할 만큼 대단히 많이 내리는 모습을 보니 왠지 눈물이 났습니다. 왠지 자기 신세가 한탄스러워졌습니다.

정말 열심히 달려왔는데 현실은 막막하기만 하고 꿈은 점점 멀어져만 가는 것 같으니 눈물이 흐르지 않을 수 없었습니다. 결국은 터져 오르는 감정을 주체하지 못하고 엉엉 울음을 터트렸습니다.

너무도 자신의 삶과 꿈을 사랑했기에 이루어지지 않는 그 꿈이 더 아프게 느껴질 수밖에 없었습니다. 삶을 사랑하니까 그 사랑만큼 더 아프고 이렇게 내리는 눈이 단순한 눈이 아니라 아픈 마음을 대신이라도 하듯 '푹푹'나리는 것으로 느껴졌습니다.

방구석에 있는 소반을 끌어다 놓고 아까 저녁때 집에 들어오며 사가지고 온 소주를 마시기 시작 했습니다.
소주를 한잔, 두잔, 세잔..네잔 마시다 보니..
갑자기 너무도 힘든 현실을 버리고 고향으로 돌아가고 싶다는 생각이 들었습니다.

꿈이든 희망이든 모두 잊고 고향으로 돌아가 그냥 어릴 적 뛰어 놀던 것처럼 오두막에서 두견이 뱁새를 벗 삼아 조용히 살고 싶어졌습니다.

겨울밤은 깊어가고 눈은 점점 더 내리고 있었습니다.
'그래, 돈이건 출세건 명예건 예술이건 사랑이건 그 무엇이 됐건 간에.. 그 따위 욕심은 훌훌 털어 버리고 고향 산골로 가자. 그런 헛된 욕심 같은 건 아무것도 아니다.'

그런 생각을 하다 보니..

"산골로 가는 것은 세상한테 지는 것이 아니다. 세상 같은 건 더러워 버리는 것이다"라는 생각도 들었습니다.

'맞다. 나는 꿈과 희망을 포기한 것이 아니라 참 삶을 새롭게 찾은 것이다. 참 삶을 찾아 떠나자. 이제 내일 날이 밝으면 모두 정리하고 고향으로 가자.'

문득 방문을 열어 보니 벌써 한참이 지났지만 눈은 계속 내리고 있었습니다.

잠시 멍하니 내리는 눈을 바라보았습니다.

엄청나게 쌓여 있는 흰 눈.

그리고 또다시 그 위에 내려앉는 눈.

타향 먼 곳에서 쓸쓸히 홀로 앉아 그 눈들을 바라보고 있는 아무것도 이루지 못한 인생.

이제 고향 산골로 돌아가려는 처량한 인생.

이런 맘을 아는지 모르는지 너무도 무심하게 계속 '푹푹' 내리는 눈.

그리고 정말 고향 산골로 돌아가야 하는가..

결국 고향 산골로 돌아가려고 이런 삶을 살았던 가.

나만 '희망'을 사랑한 것일까?

나만 그 꿈을 향해 도전한 것일 까.

'인생'이란 원래 이렇게 힘들고 쓸쓸한 것일 까.

문 밖에 하염없이 내리는 눈을 보며 홀로 소주를 마시는 것이 인생인가...

그건 아니다.
나만 꿈을 사랑하고 희망을 사랑한 것이 아니라 꿈도 희망도 나를 사랑했다.

"아름다운 '나타샤'는 나를 사랑하고" 있듯 꿈도 나를 사랑하고 내 인생도 나를 사랑한다.
그래서 이대로 포기해서는 안 된다.

"어데서 흰 당나귀도 오늘밤이 좋아서 응앙응앙 울을 것"처럼
어디서 내 꿈과 희망은 성공이라는 모습으로 나를 기다릴 것이다.
오늘 밤을 견디고 다시 일어서는 나를 반길 것이다.

다시 시작하자.
정말로 "세상 같은 건 더러워 버리는 것이다"라고 말 할 수 있을 만큼 후회도 미련도 없이 최선을 다해서 부딪쳐 보자. 그러면 된 거다.

그때가 되면 정말 아무 미련도 후회도 없이.. "세상 같은 건 더러워 버리는 것이다"라고 돌아서자.
그때 돌아가도 늦지 않다. 그때까지만 다시 해보자.

겨울밤은 점점 더 깊어가고.. 함박눈은 푹푹 나리고..

그 눈을 보며.. 한 젊은이는 잊었던 꿈을 다시 찾습니다.

나와 나타샤와 흰당나귀

(저자 – 백석, 1938년 발표작)

가난한 내가

아름다운 나타샤를 사랑해서

오늘밤은 푹푹 눈이 나린다

나타샤를 사랑은 하고

눈은 푹푹 날리고

나는 혼자 쓸쓸히 앉어 소주(燒酒)를 마신다

소주를 마시며 생각한다

나타샤와 나는

눈이 푹푹 쌓이는 밤 흰 당나귀 타고

산골로 가자 출출이 우는 깊은 산골로 가 마가리에 살자

눈은 푹푹 나리고

나는 나타샤를 생각하고

나타샤가 아니 올 리 없다

언제 벌써 내 속에 고조곤히 와 이야기한다

산골로 가는 것은 세상한테 지는 것이 아니다

세 번째 이야기 : 이제 나에게로 걷습니다

세상 같은 건 더러워 버리는 것이다

눈은 푹푹 나리고
아름다운 나타샤는 나를 사랑하고
어데서 흰 당나귀도 오늘밤이 좋아서 응앙응앙 울을 것이다

이제 그 젊은이가 잊었던 꿈을 다시 찾아 일어서는 것을 보며..
희망의 神은 이런 밤이 너무 좋아.. 마치 그의 부모님처럼 '으앙으앙'
울고 있습니다.
다시 일어서는 자식의 모습에 감격해 '으앙으앙' 울고 있습니다.

눈과 '나타샤'와 당나귀는 그래서 그 젊은이를 사랑 합니다.
가난한 그이지만 자신을 사랑하기에, 흰 눈처럼 순수하고 아름다운
희망을 간직하고 있기에..
그래서 삶은 참 아름답습니다.
그래서 희망은 참 아름답습니다.

그 젊은이의 꿈은 부자일수도 있고, 출세일수도 있고, 위대한 작품
일수도 있고, 사랑일수도 있고, 민족의 자유나 독립일수도 있다. 그리
고 그가 사랑한 꿈은 바로 '나타샤'로 표현 됩니다.

---

*출출이 - 뱁새. *마가리 - '오두막'의 평안도 사투리..

그래서.. 그의 꿈과 성공이..

그녀든.. 예술이든.. 출세든.. 명예든.. 독립이든.. 인생이든.. 간에..
순수한 희망이라면 그것은 모두 소중 합니다.

*'백석' 시인님의 윗 時에 대한 음미는 독자 개인의 몫이며 위의 감상은 순
전히 본 저자 개인의 생각일 뿐입니다.

*사실 문학계에서는 "나와 나타샤와 흰당나귀"라는 작품은 "백석" 시인님
이 "자야"라는 여인과의 아픈 사랑을 배경으로 탄생한 것으로 보고 있습니
다.

* 그것을 제가 '남녀간의 사랑 이야기'가 아닌 '한 젊은이에 희망의 이야기'
로 풀어 보았습니다.

우리는 살면서 과다한 욕심으로 물질적이고 육감적인 쾌락만 탐할
뿐 그 이외의 것에는 무감각 합니다. 특히나 점점 이 사회의 경쟁이 치
열해져 갈수록 눈에 보이는 구체적인 이익만을 탐할 뿐 그 이외의 것
들에는 무관심 합니다.

그러다 보니 직접적으로 물질적 이익은 되지 않지만 세상에 반드시
필요한 정신적이고 철학적인 소중한 것들을 보지 못하고 놓치는 경우
가 참으로 많습니다.

그 중에는 바로 이런 백석 詩人의 "나와 나타샤와 흰당나귀" 같은 작

품도 포함 됩니다.

하긴 '먹고 살기도 힘든데 어찌 그리 한가하게 詩나 읽고 있고 감상에 젖어 있나'라고 말하면 딱히 뭐라 답하기 곤란 합니다.

그러나 분명한 건 좋은 시詩의 발견도 때로는 사람들이 돈을 벌 때의 기쁨과 즐거움을 주기는 마찬가지 입니다. 믿어지지 않겠지만 충분히 그럴 수 있습니다. 최소한 이 詩를 읽으며 아주 큰 기쁨을 느꼈습니다.

이래서 좋은 時의 발견도 보석을 얻은 것 같은 기쁨을 주고, 돈과 출세만 기쁨이 아니라 아름다운 예술도 큰 기쁨이 될 수 있습니다. 그러니 아무리 돈만이 판치는 세상이라고 너무 절망해서는 안 됩니다.

이미 70년 전에 발표된 작품을 보고 70년 만에 그 작품을 만나 기뻐하는 누군가도 있습니다.
분명 좋은 작품이고 옳은 일이라면 반드시 끝까지 살아남아 언젠가 사람들에게 인정받고 세상에 감동을 줄 것입니다.

세상은 그런 것입니다. 진실은 반드시 알려지고 진리는 반드시 살아남습니다.
그리고 사람들에게 감동의 용기와 위로와 희망으로 소중한 열매를 맺습니다.

그동안 재북 작가란 이유로 세상에 묻혀 있다가 1989년 3월 15에 뒤늦게 발간된 백석 시집 "절간의 소 이야기".

1991년에 나는 처음 그 책을 처음 펴 들었지만 그 소중함을 모르고 책장에 꽂아두고 18년 동안을 잊고 있었습니다. 그리고 지금에서야 다시 읽게 되었습니다.

'가장 진실한 삶의 내면의 고독, 진실의 소리'로 다가온 시詩 "나와 나타샤와 흰당나귀"..

너무 늦게 찾아줘서 미안하다.

그리고 정말 말하고 싶어진다.

세상에 이런 詩도 있었노라고...

저 역시도 몰랐듯이..

7일이면 최신가요가 세상을 휩쓰는 시대에 70년이 지나도 아직 모른 이가 많은 백석 시인의 시詩.

물론 그런 사실이 안타깝지만.. 그래도 다행인 것은..

70년이 아니라 700년이 지나도 백석의 詩는 살아남을 거라는 믿음 때문 입니다.

그래서 인생은 짧고 예술은 길다고 했던 건가요..

역시나 예술은 위대 합니다.

좋은 작품은 위대 합니다.

이제 믿어야 합니다.

지금 당장의 힘든 현실을 살고 있어도, 좋은 작품 같은 삶을 살고 있다면 언젠가 반드시 세상에 그 진실이 알려질 것이라는 사실을.

그때까지 잘 참고 견디면 끝내 그 참 가치를 인정받게 될 것이라는 사실을.

그리고 위대함으로 남고 소중함으로 기억될 것이라는 사실을.

세상에 진리가 있다면 그것이 바로 세상의 참 진리일 것 입니다.

그래도 우리 삶은
너무 소중하지 않은가

'인생 여행' 그래도 행복해야만 하는 건..

아직 살아남은 평범한 그 삶도 위대 합니다

유명 라디오 프로그램에서 어느 밴드를 소개하던 중에 DJ가 이런 말을 했습니다.

"대한민국에 밴드로 25년을 한다는 건 대단히 어려운 일이고, 그래서 충분히 존경 받을만한 일이다."

맞는 말입니다. 한 가지 일을 25년씩 하려면 모진 인내의 세월을 견뎌야 하고, 세월을 넘어서는 꾸준한 실력이 있다는 말입니다.

그런데 밴드를 25년씩 하는 것만 존경받고 인정받을 일일까요? 다른 일도 마찬가지 아닐까요?

직장인이 한 직장에서 25년 동안 견디기 힘든 것도 마찬가지고 자영업자도 한 업종으로 25년간 견디기는 어렵기 매한가지입니다.

직장 상사나 고객 비유를 맞추어야 하고, 끓어오르는 부아를 억지로 참는 인내의 세월을 견디며 자기계발에 신상품 출시하고 서비스 개선해야 살아남습니다.

그래서 그 어떤 직업이건 25년 살아남는 것은 똑같이 힘듭니다. 하지만 누구는 대단한 기록으로, 대단한 인생으로 칭송 받고 누구는 평범한 삶으로 평가 받습니다. 왜 어느 특정 분야의 일만 위대하고 그들의 일만 존경 받으며 그들의 일만 아름답다 평가 받을까요.

어느 유명한 젊은 음악가는 '차이코프스키'의 '비창'이라는 곡을 들으면 그 작곡가의 지독한 고통이 느껴진다고 했습니다. 그런 고통까지 느낄 수 있는 경지에 도달했기에 젊은 나이에 대단한 음악가로 평가 받을 것입니다.

그런데 그 젊은 음악가는 작곡가의 마음을 읽을 정도의 경지에 이르렀는지는 몰라도 자기가 아는 분야 이외의 분야에 대해서는 별로 깊이 알지 못할 것입니다.

이번에는 음악가가 아닌 다른 사람을 살펴보도록 하지요. 시골에서 농사를 짓는 사람은 고추 따는 모습을 보면 농부의 지독한 고통이 느껴집니다.

8월의 땡볕에서 허리가 끊어질 듯 아프지만 그것을 참고 고추를 따는 그 마음을 너무 잘 알고 있지만 음악이라고는 최신 대중가요조차도 잘 알지 못합니다.

그런데 도대체 왜 음악을 이해하는 사람은 대단한 사람이고 노동을 이해하는 사람은 그저 평범한 사람일까요. 왜 음악인은 위대하고 노동자는 위대하지 않은 걸까요.

자기 분야에 대해서는 정말 잘 알지만 자기 일 이외의 분야에 대해서는 서로 별로 아는 것이 없는 것은 마찬가지 입니다.

아무리 자기 일에는 달인일지라도 다른 일에는 맹꽁이 수준 밖에 안되는 것은 서로 똑같은데 왜 누구는 TV에 아주 대단한 사람으로 소개되는 젊은 유명 음악가이고 누구는 시골 농부일까요.

단지 유명세의 차이가 있다면 하나는 공개된 직업이고 하나는 공개되지 않는 직업이라는 그 차이뿐 입니다. 하지만 그 두 사람의 차이는 유명세의 차이만이 아니라 인간 그 자체에 대한 평가조차도 유명인은 위대한 사람으로 인식되고 무명인은 별 볼일 없는 사람으로 취급 됩니다.

저는 그 음악가는 '유명인'일 수는 있어도 농부보다 더 위대하거나 대단한 사람은 아닐 수 있다고 봅니다. 음악가건 농부이건 간에 서로가 없으면 세상이 삭막하고 혼란스럽기는 마찬가지고 모두가 필요하기에 존재하는 것은 똑같습니다.

단지 '유명하다', '유명하지 않다'의 차이고 그 유명이라는 것도 능력의 차이가 아니라 직업(일)의 특성의 차이일 뿐입니다.

네 번째 이야기 : 그래도 우리 삶은 너무 소중하지 않은가

농부가 음악, 미술, 과학을 잘 모르듯 미술가도, 과학자도, 정치가도, 농부, 어부, 장사꾼의 고통을 모르고 서로의 전문 분야를 모르는 건 모두 마찬가지입니다.

그런데 왜 정치인은 위대하고 농부는 위대하지 않은 건지. 왜 미술가는 위대하고 문학가는 위대하며 공장 노동자와 청소원은 위대하지 않은 건지.

운 좋게 어느 부자 집에서 태어나 어릴 때부터 그 비싼 악기를 사서 음악을 배우고 미술 개인 교습을 받아 음악 좀 알고 미술 좀 안다고 그리 대단하고 그리 위대한 걸까요.

만약 그 젊은 음악가가 어느 농사꾼에게 태어나 농사를 배웠어도 그렇게 유명한 사람으로 대단한 사람으로 인정받을 수 있을 까요. 이런데도 불구하고 지금 그 일이 다르다고 인정하지 않고 무시할 수 있을까요.

그런데 또 한편으로 웃긴 것은 같은 음악가라도 클래식과 대중가요가 서로를 무시 합니다. 천박한 대중가요라고 무시하고 인기 없는 클래식이라고 놀립니다. 거기에 한술 더 떠 이번에는 그 대중가요끼리도 다시 발라드, 락, 트로트, 댄스로 구분 지어 서로를 인정하지 않으려 합니다.

세상이 그렇습니다. 흑인, 백인으로 나누어 차별하고 무시하고 그 백인끼리는 키로, 얼굴로, 직업으로, 또 나누어 무시하려 합니다. 같은 학벌이면 그 안에서 재력과 집안 배경으로 나누어 무시하고 인정하지 않으려 합니다. 이것이 사람들이 사람을 나누는 방식 입니다.

어느 유명 연주자는 "나라는 존재를 잊어버려야 좋은 연주를 한다" 고 말했습니다. 무아의 경지에 빠져 연주를 한다는 것입니다. 이와 비슷한 이야기로 중국 장자莊子의 '소 잡는 백정'도 무아의 경지에서 소를 잡는다고 했습니다.

결국 음악가도 소 잡는 백정도 무아의 경지에서 자신의 일을 하기는 마찬가지입니다.

장자莊子의 '소 잡는 백정' 이야기는 이렇습니다.
그 백정의 칼을 쓰는 동작은 마치 아름다운 음악을 연주하는 것 같았다. 그래서 왕이 감탄하며 어찌 그런 경지에 이를 수 있냐고 물었다. 그러자 소 잡는 기술자가 말했다.

"제가 좋아하는 것은 도입니다. 기술이 아니지요. 제가 처음 소 잡는 일을 시작했을 때는 보이는 것이 소뿐이었습니다. 그런데 3년이 지나자 소가 한눈에 다 들어오지 않았습니다. 그리고 이제는 마음으로 소와 만날 뿐 눈으로는 보지 않습니다. 감각의 작용은 멈췄고, 마음만이 움직입니다."

네 번째 이야기 : 그래도 우리 삶은 너무 소중하지 않은가

이렇듯 경지에 이른다는 것은 몸과 마음이 혼연일체가 되어 온 정성을 다해 그 어떤 일에 완전히 몰입한다는 것입니다.

결국 자기 삶에 충실하고 떳떳하게 살고 있다면 모든 삶이 소중한 것 입니다. 모진 세파를 견디고 꿋꿋이 살아남아 누군가에게 작은 도움이라도 된다면 모두가 존경 받을 사람이고 위대한 삶이라는 것입니다.

만약 그 사람이 '유명인'이라는 이유로 위대하다고 한다면 오히려 평범한 당신 삶이 더 위대 합니다.
그 '유명인'이야 유명세라는 즐거움도 있고 경제적 뒷받침도 있었지만 그런 것조차도 없이 무명의 빈곤한 삶으로 지독한 고통을 견디며 내일의 희망을 일구며 살아가기에 더더욱 그렇습니다.

그래서 아직 살아남은 평범한 그 삶이 위대한 것입니다. 분명 그런 것이 맞습니다.
묵묵히 평범한 그 삶을 견뎌온 그 삶에 정말 수고 하셨다는 존경의 박수를 드립니다.

오늘도 수고 많으셨습니다. 내일도 힘내세요.
평범하지만 위대한 그 삶을 위하여.....

행복은 거기 그대로 남아 있습니다

사람들이 흔히 하는 말이 있습니다. '이렇게 힘든 팔자로 태어나게 한 하늘이 원망스럽다'. 부잣집에서 태어나면 편하게 살아 갈 건데 가난한 집에 태어나 힘들게 산다는 것입니다.

그러나 그것이 꼭 맞는 말은 아닙니다. 반은 맞고 반은 틀립니다. 물론 하늘이 모든 사람에게 공평한 부와 권력을 주지 않는 건 사실 입니다. 그렇지만 바로 거기에 함정이 있고 착각이 있습니다.

부귀와 권력을 가졌다고 모두 행복하고, 가난하다고 무조건 불행한 것은 아닙니다.
저마다 타고난 운명에 따라 부자에게만 좋은 환경, 안락한 생활로 모든 행복을 준 것 같지만 사실은 그렇지 않습니다.

알고 보면 누구에게나 반은 행복을 주고 또 반은 불행을 주었다는 공통점이 있습니다.
재물이나 권력에 상관없이 끝없는 욕망과 불만족이라는 것을 함께 갖게 되었기 때문에 가진 것에 상관없이 불행하거나 행복해 질 수 있습니다.

신은 모든 인간에게 불만족과 행복이란 것을 동시에 주셨기에..
마음이 어느 한쪽으로 치우치는 이상 다른 한쪽은 부족하게 됩니다.

불만족을 택하면 행복이, 행복을 선택하면 불만족이 시소처럼 오르
고 내립니다.
그래서 아무리 많은 것을 가졌다 해도 결국 그렇게 가짐으로써 얻어
지는 행복은 반쪽뿐입니다.
나머지 반쪽을 채워야 진정한 행복이 이루어집니다.

부잣집에서 태어나면 가난한 사람들 보다 훨씬 편하게 살아감에도
불구하고 거기에 만족하지 않고 더 큰 부자이지 못한 불만족으로 괴로
워합니다. 그래서 부자라는 자기 늪에 빠져 끝내 헤어나지 못하고 허
우적거립니다.

작은 도시에서 가장 부잣집 아들이었던 사람이 아이러니하게도 더
큰 대도시의 부잣집 딸에게 가난뱅이라는 이유로 청혼을 거절당합니
다. 그 충격에 신세를 한탄하며 자기 삶을 원망 합니다.

그가 차라리 가난한 집안에서 태어나고 자랐다면 그런 시련이 와도
그 현실을 자연스럽게 받아들이고 어렵잖게 극복 했을 것입니다.

세상은 그렇습니다. 부와 권력과 행복을 모두 함께 주지도 않듯이, 또 그 반대로 부와 권력과 행복을 모두 안주는 것도 아닙니다.

신도 어쩔 수 없는 인간 스스로가 결정하는 그 나머지 몫이 있습니다.

인간은 누구나 스스로 만들어가야 할 그 과반의 행복을 위해 노력하고 고민 합니다.

바로 그 때문에 행복의 마지막 완성은 자기 스스로의 몫이고 행복의 주체가 자기인 까닭도 거기에 있습니다.

세상이 공평하다는 것은 어쩌면 바로 이 때문입니다.

그 과반의 행복을 잘 이루어가면 행복한 거고 못 이루어가면 괴로운 것 입니다.

그래서 타고난 부와 권력이 있더라도 불행할 수 있고 타고난 부와 권력이 미약해도 행복해질 수 있습니다.

"행복 하려면 두 가지 방법이 있다. 욕망을 줄이거나, 소유물을 늘리거나 하면 된다."라고 미국의 사상가이면서 정치가인 '벤자민 프랭클린'은 말했습니다.

부자로 태어나도 욕망을 줄이지 못하거나 소유물을 늘린 것만큼 만족감을 키우지 못하면 행복은 멀리 있고, 가난해도 만족감의 크기를 줄이면 얼마든지 행복감을 더 채울 수 있습니다.

네 번째 이야기 : 그래도 우리 삶은 너무 소중하지 않은가

자기가 태어난 가정환경을 벗어나 크게 성공할 확률이 10%도 안 되는 한국 사회에서 더 채우려고만 하기 보다는 덜 가진 스스로의 삶을 인정하고, 혼자만 더 갖기 위해 노력하기보다는 더불어 잘살기 위해 노력해 가는 것이 더 효과적인 행복해지는 방법 입니다.

평범한 개인이 아무리 부를 늘리려 해도 지금의 사회 구조로는 어차피 어렵습니다. 자본주의 사회의 머니 게임은 말 그대로 자본을 많이 가진 자가 무조건 유리하기 때문입니다.

그래서 평범한 당신이 상위 1%에 속할 확률은 0.1%도 안 됩니다. 그런 무리한 도전이 오히려 삶을 훨씬 더 피폐하고 불행하게 만들 수 있습니다.

그러니 많이 가지지 못한 스스로의 현실을 너무 괴로워 말고, 남들과 비교하지 말고, 억지로 더 가지려 매달리지 않으면 삶이 크게 고통스러울 것도 없습니다.

구구단을 모르면 절대로 더 고차원의 수학을 할 수 없습니다.
마찬가지로 행복의 기본을 모르면 아무리 많이 배워 많이 알고, 많이 가졌어도 행복해지지 않습니다.

다소 교과서 적인 이야기일수 있지만 수많은 성현들은 많이 갖지 못한 곤궁함 속에서도 큰 뜻을 폈고 당당하고 흔들리지 않는 삶을 살다

갔습니다.

공자님께서도 '군자는 곤궁해도 흔들리지 않는다'고 하시며 또한 '부자가 잘난 척하지 않는 것도 훌륭하지만 오히려 가난하면서 비뚤어지지 않는 것이 더 훌륭하다'고 말씀 하셨습니다.

그만큼 어려운 현실에서 소신 있는 삶을 지탱해가기 어렵기에 그런 삶을 대단하다 인정 하셨을 것입니다.
또한, 그런 어려움 속에서만이 인생을 진지하게 성찰하고 세상의 진정 소중한 가치를 깨닫게 되기에 그런 꿋꿋한 삶을 괜찮은 삶이라고 말씀 하셨을 것입니다.

인생을 살며 성공의 길을 향해 걸으면서도 그렇습니다.
최선을 다했다면 그 결과를 받아들이고 인정하듯.. 보람 있고 가치 있는 삶을 산 것으로 만족하면 됩니다.

이익과 성공을 위해서만 무언가를 하지 말고 스스로 옳다고 생각하면 그냥 하면 됩니다.
무언가를 하면서 인기 있고 이익이 생기면 좋겠지만 꼭 그것이 아니라도 괜찮습니다.

옳다고 생각하는 일을 열심히 한 것만으로도 후회 없는 삶이 될 수 있는 거고,

내가 선택한 삶이 후회 없기에 행복할 수 있는 것입니다.

행복의 마지막 완성은 스스로의 선택이기에 더더욱...

매일 즐겁기만 하다고 행복한 인생인가

늘 즐거운 날들만 계속 되기를 바라며 그런 삶이 '행복한 인생'이라 믿습니다.

그런데 정말 매일 즐겁기만 하다고 행복한 인생일까요? 하지만 매일 즐겁다고 멋지고 행복한 인생은 아닙니다.

우리가 사는 이 땅도 매일 맑은 날만 계속 되면 결국 너무 건조해지고 급기야 사막이 됩니다. 그렇다고 흐린 날만 계속되거나 비만 와도 문제가 됩니다.

그래서 맑은 날도 있지만 때로는 비도 오고 바람도 불고 눈보라도 치는 사계절이 골고루 있어야 합니다.

실제로 사과나무에 사과가 열리기까지는 햇빛만 필요한 것이 아닙니다.

혹독한 겨울 추위를 참고 견뎠기에 봄에 싹을 띄우고 꽃을 피워 열매를 맺을 수 있는 것 입니다.

여름의 강렬한 햇볕 속에 열매를 키우고 장마 비 속에서 목을 축이

네 번째 이야기 : 그래도 우리 삶은 너무 소중하지 않은가

고 찬 서리 속에서 붉은 빛깔을 머금습니다.

햇빛 좋은 여름만이 사과를 맺게 한 것이 아니라 사계절이 골고루 있었기에 알찬 열매가 열린 것 입니다. 맑은 날만큼이나 흐린 날도 추운 날도 모두 견뎌냈기에 그 결실이 풍성한 것 입니다.

마찬가지로 인생도 '삼한사온'이 있고, '사계절'이 고루 있어야 오히려 제대로 된 인생 입니다.

겨울의 시련을 견뎌낸 나무의 과일이 풍성하듯 어려움 속에 결실을 이루어내야 오히려 진짜 멋진 성공 입니다.

쉬운 성공을 너무 부러워 말아야 합니다. 인생의 참 맛도 모르는 껍데기 같은 인생을 사는 것일 수도 있습니다.

김이 빠져버린 사이다를 마셔본들 쾌감이 있습니까? 마라톤 경주에서 남들은 달려가는데 혼자 차타고 결승점에 도착한들 완주의 보람이 있고 승리의 기쁨이 있겠습니까?

그렇게 김이 빠진 사이다를 마시는 것처럼, 자기 혼자만의 가짜 달리기를 하는 것처럼 쉽고 편하게 산다고해서 성공한 삶도 행복한 삶도 아닙니다.

정말 상쾌하고 행복한 인생은 그런 '가짜 인생'이 아니라 시련 속에 결실을 일궈낸 '진짜 인생' 속에 있습니다.

그래서 눈물 흘리는 날들도 있다고 해서 꼭 슬픈 인생이 아닙니다. 지금의 그 눈물조차도 보람이 되고 기쁨이 되고 아름다운 행복이 될 수도 있습니다.

지난 추억은 대부분 아름답듯이 열심히 살았다는 것만으로도 돌이켜 보면 지난 날 흘렸던 눈물들이 소중한 기억이 될 수가 있습니다.

그러기에 살다 보면 웃다가 우는 날도 있고 울다가 웃는 날도 있습니다. 그렇게 웃기에 우는 날이 있고, 지금 울기에 웃는 날도 있는 것입니다. 그 속에서 이뤄가는 것이 인생의 성취 입니다.

그래서 웃는 날, 우는 날, 슬픈 날, 기쁜 날, 힘든 날 그 어느 날 할 것 없이 살아가는 날들은 모두가 행복하고 소중한 것입니다.

내가 숨 쉬며 걷고 움직이고 듣고 바라보는 모든 시간은 소중한 것입니다.
혼자면 혼자서 좋고, 함께라면 함께라서 행복하고 아름다운 것입니다.
기쁜 일이 있으면 지금 당장 기뻐서 좋고, 힘든 일이 있으면 나중에 더 기쁠 수 있기에 좋은 것이라 믿어야 합니다.

지난 인생을 돌이켜 보면 시련의 시기에 끝까지 포기하지 않고 발버둥쳤던 것이 결과적으로 그 다음 인생의 더 나은 결과로 돌아오기도

네 번째 이야기 : 그래도 우리 삶은 너무 소중하지 않은가

합니다.

때로는 괴로움에 술 마시고 우는 그것조차도 모두 삶의 한 자락이고 각자 자신이 꿈꾸는 희망과 미래를 위한 준비 과정 입니다. 추위도 오래 견디면 내성이 생기듯 힘겨움도 내성이 생기고 묵묵히 견디는 그 시기가 다음 봄을 준비하는 시간이 되는 것입니다.

그러니 삶이 힘겨워 눈물 흘리며 운다고 저 마음 밑바닥까지는 무너질 필요는 없습니다.
잠시 주저앉아 울더라도 또 일어서면 됩니다.

너무 힘들어 어느 곳에 기대더라도, 세상 혼자되어 외롭더라도, 지쳐 쓰러지는 순간에도 끝내 내 자신을 버리지 않으면 됩니다. 힘겨움에 술을 마셔도 좋습니다. 맘껏 울어도 좋습니다.

그냥 이렇게 지독한 외로움에도 혼자 견뎌야 하는 것이 인생이라고 생각하며 받아들이고 버티면 됩니다.
단지 포기하지 않으면 되는 겁니다.

어느 유명 격투기 선수가 신인 선수에게 1라운드에 실신 KO패를 했습니다.
기대 했던 팬들에게도 큰 실망감을 준 허망한 패배였습니다. 그런데 그 선수가 밝힌 속마음이 오히려 감동을 줍니다.

"오늘은 화려하게 졌다. 내일부터 또 다시 앞으로 나아갈 것이다. 이런 때도 있기 때문에 인생은 재미있다. 오르고 있는 산의 모습이 간신히 보인다. 산에 오르다 굴러 떨어져도 다시 또 오른다. 그것이 최고의 인생이다"

아름답지 않습니까. 패배의 아픔에 굴하지 않고 또다시 일어서 도전해가겠다는 굳은 의지가..

바로 이런 것이 삶입니다. 비록 먼지처럼 바람처럼 지나가는 삶일지라도 끝까지 포기하지 않고 도전하는 것.

그것이 인간의 숙명이고 인간이 살아가는 의미입니다.

그냥 사람으로 태어났기에 그렇게 열심히 부딪치며 살아가야 하는 것 입니다.

어찌 한 해를 살면서 맑은 날만을 바라고 어찌 인생을 살면서 즐겁고 기쁜 날만을 바랄 수 있겠습니까.

눈물도 한숨도, 아픔과 시련조차도 소중한 내 삶이고 행복한 내 삶의 일부분 입니다.

어쩌면 기쁨과 즐거움과 웃음 보다 더 소중한 것이 혼자 흘리는 눈물입니다.

그 눈물을 견뎌야 비로소 내 삶의 소중함을 알고 내 삶의 결실이 이루어질 것이니...

네 번째 이야기 : 그래도 우리 삶은 너무 소중하지 않은가

'인생 여행' 그래도 포기하지 않는 이유

고등학교 1학년 때 친구가 가출을 했었습니다.

이유는 사는 것이 허무하니 어차피 죽을 것 그냥 막살다 죽겠다며 가출을 한 것 입니다.

그는 이왕 죽는 인생 이렇게 학교에 매여 공부나 하느니 마음껏 놀다가 스무 살이 되면 세상을 떠나겠다고 했습니다.

물론 그 때의 저는 그 녀석이 사춘기가 너무 강하게 온 나머지 배부른 투정을 한다고 무시를 했습니다.

그런 사춘기의 방황이 이미 아련한 추억이 된 지금 문득, 그 친구의 '왜, 사느냐'는 방황에 대해 비슷한 고민과 질문을 하게 되었습니다.

만약, 누군가가 사춘기 그 시절 친구의 방황처럼 똑같은 고민을 한다면 지금의 저는 이런 대답을 할 것 입니다.

"삶의 거창한 의미나 성취 보다는 그 무엇보다 우선 먼저 사랑하는 사람들 때문에, 그들 때문에, 그들이 슬퍼할 거고, 그들과 헤어진다는 것은 너무 아프기에 죽지 않고 끝까지 살아가야 하는 것이 인간이 살아남아야 하는 첫 번째 이유이다.

실제로 사랑하는 사람과 헤어졌거나 멀리 떠나 보내본 사람은 안다. 두고두고 그 사람이 생각나고 함께 하지 못함이 아쉽다. 단지 살아 있는 것만으로, 이 세상 어딘 가에 있다는 것만으로도 위로가 되고 흐뭇함이 되는 사람이 있다.

그래서 나를 사랑하는 사람이 한 사람이라도 있다면 끝까지 살아야 한다. 그 사람을 위해서라도. 최소한 그에게 아픔을 주지 않기 위해서라도."

그리고 만약 그런 사랑하는 가족이나 친구를 떠나서 내 자신 자체로만 놓고 본다면..
이런 이유 때문에 삶은 잘 살아야 하는 것이 아닌가라고 말 할 것입니다.

"인생은 소풍이라는데 이왕 다녀오는 소풍이라면 즐겁게 잘 다녀와야지. 단체로 소풍 와서 마음에 안 든다고, 재미없다고, 혹은 친구들과 싸웠다고, 힘들다고 혼자 먼저 돌아가면 그것도 너무 아쉽고 서운하지 않을까?"

'천상병' 시인은 인생을 '귀천'이라는 詩에서 '소풍'에 비유했었습니다.

저는 거기에 더해 조금 더 긴 '단체 여행' 정도라고 표현하고 싶습니다.

'단체 여행'을 하다 보면 즐거운 시간도 많고 또 나름대로 힘든 시간도 많습니다.
즐겁게 친구들과 노래를 부르기도 하고 설악산을 땀을 흘리며 오르기도 합니다.

'단체 여행'을 가면서 당연히 즐거운 일, 좋은 일만 있으면 좋겠지만 사람들과 함께 동행 하는 현실은 그럴 수가 없습니다.

단체 여행에는 좋은 사람도 있고 나쁜 사람도 있습니다. 여행 중에 맛있는 것을 남들과 함께 나누는 사람도 있고, 정반대로 몰래 남에 지갑을 훔쳐가는 사람도 있습니다. 그래서 때론 도움을 받기도 하고, 나쁜 일을 겪기도 합니다.

결국 편하고 안전한 여행만하면 좋겠지만 '단체 여행'이라는 특성상 그러기만은 쉽지 않습니다.
그래서 편하기만을 바라기보다는 즐거운 여행, 기억에 남는 후회 없는 여행을 바라는 것이 현명할 것입니다.

인생도 그러하다고 봅니다.
수월한 삶을 편하게 살아가며 남의 도움을 받을 수도 있고 사기꾼에게 사기를 당할 수도 있습니다.

학창 시절도 불량 학생들이 돈도 뺐고 괴롭히기도 하듯이 다 똑같은 것 입니다.

그런 일들 때문에 여행을 중간에 포기하고 돌아올 수는 없습니다.
오히려 아픈 일들 보다 즐거운 일들이 더 많습니다.
좀 비약이 심할지도 모르지만 저 아프리카 기아 빈민들은 '김밥'조차 싸가지 못하는 배고픈 소풍 길을 갈 것입니다. 그런 가혹한 삶을 사는 사람들도 있습니다.

그런 사람들에게 존재의 의미를 묻는 것은 사치입니다.
'인생이란?' 물음표 따위는 속 뒤집는 배부른 인간들의 말장난일 뿐 일 것 입니다.

원래 세상의 의미 따위는 찾는 사람에게나 필요한 옵션이지 모든 사람들이 필수적으로 갖추어야 할 의무 사항은 아닌 것이라 말할 수도 있습니다.

어느 작가는 "진정한 예술이 태어나기 위해서는 노예제도가 필요 불가결하기 때문이다.", "노예가 밭을 갈고……지중해의 태양 아래서 시를 짓기에 몰두하고 수학에 도전한다. 예술이란 그런 것이다."라고 말했었습니다.

원래 '예술'이란 것도 먹고 살만한 사람들의 정신적 사치란 뜻인 것

입니다.

그래서 인생을 '소풍', '여행'이라는 표현 자체를 쓸 수 있는 이들은 당연히 감사히 살아가야 하는 사람들 입니다.

그러니 많이 편하고 많이 안락한 초호화 '크루즈' 선박 여행이 아니더라도, 뱃고동 정겨운 여객선으로 이런 즐거운 소풍이라도 갈수 있는 것만으로 만족해야 합니다.

어차피 한번은 누구나 다녀오는 '인생 여행'.

과거 여행의 경험을 떠올려 보면 '얼마나 편하게 보냈냐' 라는 기억보다는 '얼마나 즐겁고 재미있었냐'는 기억이 먼저 떠오릅니다.

그래서 편하지 않음을 불평하기 보다는 단조롭고 재미없는 여행이 되는 것을 걱정하는 것이 옳을 것 입니다.

단 한번뿐인 '여행' 중에서 절반의 기간을 아무 의미 없이 보냈다면 남은 시간은 더 소중하게 보내야겠지요.

함께 여행하는 사람들에게 피해를 주지 않으면서도 소중하게 보내는 방법은 무엇일 까요.

나에게 주어진 남은 시간을 최대한 의미 있고 즐겁게 보내야 하는 것이 아닐까요.

결국 이래서 인생은 늘 후회 없이 소중히 살아야 합니다.

그래도 행복할 수 밖에 없는 건..

단지 지금 혼자 밥 먹지 않고 누군가와 함께 밥 먹을 수 있다면..

혼자 보다는 더 많이 행복한 거고, 혼자 밥 먹더라도 맛을 느낄 수 있고 배부르게 먹을 수 있다면..

그것으로도 삶은 행복한 것 입니다.

많이 가졌기에 행복한 것이 아니라 단지 살아있으므로..

그래서 사랑하는 가족과, 친구와, 연인 또는 그 누군가와 함께 할 수 있으므로 열심히 일하고 있으므로 그나마 비겁하지 않고 선(善)에 편에 서서 살고 있다면 그것은 분명 행복한 것입니다.

병마와 싸우는 그보다 건강히 살아있다는 것만으로 행복한 거고,

사랑하는 사람과 헤어져 혼자가 된 사람보다 아직 함께이기에 분명 행복한 것입니다.

가족도 없이 혼자 외로워하는 그 보다 함께 TV보며 웃고 떠들 수 있기에 행복한 거고

또, 일자리가 없어 갈 곳 없는 그 보다 열심히 일할 곳이 있다면 행

네 번째 이야기 : 그래도 우리 삶은 너무 소중하지 않은가

복한 것입니다.

양심 지키고 살기 어려운 세상 약자 편에 서고 정의의 편에 선다면 그것으로도 행복한 것입니다.

하나를 가지면 또 하나를 갖고 싶고, 또 하나를 더 가지면 또 다른 하나를 갖고 싶습니다.

그래서 반대로 하나를 잃으면 그나마 잃기 전이 좋았고, 거기서 하나를 더 잃어버리면 역시 또 그나마 하나만 잃어버렸을 때가 좋았던 것입니다.

그러니 아쉬움이 있고 욕심이 있더라도 그나마 지금 이만큼이라도 살아있는 것, 살아가는 것, 그것으로 다행이라고 생각하고 삶을 감사히 행복하게 살아야 합니다.

누구나 한 번만의 삶이 주어지고, 그 삶만큼만 살아갑니다.

언제나 아까운 것이 삶이기에 간절히 살아야 하고 간절히 행복해야 하고 간절히 사랑해야 합니다.

10년 전을 떠 올려보고 20년 전을 생각해보세요. 지나가면 너무도 빠른 것이 세월 입니다.

삶은 그렇게 빨리 지나칩니다. 그러기에 더더욱 사랑하고 행복해야 합니다.

세상 그 모든 것이 결국 자기 자신이 존재하기에 함께 존재하듯..
세상 그 무엇도 결국 자기 자신 보다 소중할 수는 없습니다.

결국 세상에서 자기 삶이 가장 소중한 것이고 세상의 중심은 자기 자신 입니다.
그만큼 우리 삶은 소중하고 아름다운 것입니다. 그런 삶이기에 우리는 더더욱 행복해야 합니다.

성공도 실패도 돈도 명예도 부귀도 영화도 모두 삶의 일부분이고 부속물일 뿐..
그 전부가 되지는 못하고 그 목적이 될 수는 없습니다.

누군가에게 너무 많은 사랑을 받아도, 너무 많이 편하게 살거나 너무 과도하게 많이 가졌어도..
그 소중함을 모르고 사랑 받고 있음을 모르기에 행복함을 모릅니다.

그래서 오히려 평범한 지금 이대로가 더 행복할 수 있습니다.
8월의 메마른 황토 길을 오래도록 걸으면 물 한 모금의 소중함을 알게 되듯 우리 삶의 소중함도 그러 합니다.
이렇게 일할 수 있기에 살아있음에 행복한 것입니다.

그래서 살아있는 이 순간이 행복하지 못할 이유가 없습니다.
비록 삶이 고행이고 고통이라지만 더 큰 고통과 싸우는 사람도 많이

네 번째 이야기 : 그래도 우리 삶은 너무 소중하지 않은가

있기에 그나마 이것으로 행복한 것 입니다.

그리고 지금껏 세상을 살다간 수많은 인류의 스승들이 이런 삶의 소
중함을 가르쳐주려 했듯 우리 역시 그러하면 됩니다.

저 푸른 대지를 찬란히 비추는 햇빛만으로도 이 세상이 너무도 아름
답고 눈부시듯..
우리 삶도 그렇게 아름답고 소중한 것입니다.

이렇게 우리는 이런저런 많은 이유로 행복 한 것입니다.
우리는 행복할 수밖에 없는 것입니다.

먼저 손 내밀면 함께하게 될 축복..

'사랑의 실천'이나 '나눔의 실천'이니 하는 것들을 굳이 거창하게 생각할 필요는 없습니다. 꼭 어떤 자선 단체에 기부를 하는 것만이 올바른 방법은 아니라고 봅니다.

삶을 행복 하고 싶다면 도심 한켠의 낡은 재래시장을 가보라.
그리고 겨울바람 부는 시장 한쪽 구석에 좌판을 벌리고 앉아
오스스 떨고 계신 할머니에게 귤 한 바가지를 사보라.

여유가 있다면 두 바가지를 사면 더 좋다.
귤 한 바가지에 2천원씩, 두 바가지면 4천원..

행여 덤으로 귤 몇 알을 더 달라고 말 하지는 마라.
그 할머니가 곱은 손으로 알아서 몇 개를 더 줄 테지만
덤으로 담은 귤 몇 알은 차라리 할머니에게 슬며시 돌려 드려라.

이 천 원짜리 귤 한 바가지를 사며 물건 값 깍지 않고
덤조차 원하지 않는 당신의 마음을 할머니는 반드시 기억해 줄 것

네 번째 이야기 : 그래도 우리 삶은 너무 소중하지 않은가

이다.

할머니의 이름으로가 아니라 신의 이름으로...
행운과 행복의 이름으로 당신을 기억해 줄 것이다.

설령, 기억해주길 바라는 마음이 없다 하더라도...
당신 스스로도 행복한 마음으로 집으로 돌아오게 될 것이다.

세상을 사람과 사람이 함께 산다는 것이 굳이 특별한 것이 아니다.
삶을 배우고 싶고, 느끼고 싶다면 도심 한 켠의 낡은 재래시장을 가
보라.
그렇게 살아라. 삶을 행복 하고 싶다면...

굳이 대형 마트를 가지 않고 그렇게 육순이 넘고 칠순을 바라보는
나이에
오스스 떨고 앉아 귤 좌판을 하시는 할머니에게 귤 한 바가지를 사
주는 마음이
생활 속의 '사랑에 실천'이고 '나눔의 삶'일 것 입니다.

큰 부자의 핏줄로 태어나지 않았다면 더더욱 그렇게 서로가 서로에
게 덕을 쌓고 살아야 합니다.
그렇게 세상과 함께 나누고 베풀어야 당신에게 되돌아옵니다.

내가 A에게 베푼 그 덕은 A에게서 되돌아오는 것이 아니라 B나 C를 통해 되돌아옵니다.

설마 되돌아올까 의심 하지 않아도 됩니다. 반드시 되돌아옵니다. 그것은 세상의 진리 입니다.

인간은 태생적으로 계층이 나뉘고 빈부 격차가 있기 마련입니다.

세상이 아무리 살기 좋고 선진화 되어도 누군가는 반드시 상대적 빈곤을 겪는 것이 인간의 숙명 입니다.

이렇게 신神도 어쩔 수없는 힘든 역할을 가난한자들이 맡고 있는 것 입니다.

게다가 그런 가난하고 어려운 사람들이 과연 다른 누구에게 아픔과 고통을 주겠으며..

설령 준들 과연 얼마나 큰 사회의 해악과 아픔이 되겠습니까.

그분들은 거친 노동으로 자기 가족들을 어렵게 먹여 살리지만 최소한 다른 누군가를 힘들게 하지는 않습니다.

오히려 그들이 감수하는 힘겨움으로 인해 다른 사람들이 작은 행복이라도 맛볼 수 있는 것 입니다.

그래서 그런 희생적인 삶이 소중한 것이며 예수님과 부처님도 그들이 곧 예수요, 부처라고 인정 하셨습니다.

혹시라도 당신이 부귀를 누리는 사람이라면 가난한 그들을 위해 작은 것이라도 베풀어야 합니다.

그것이 당신의 부귀를 좀 더 충만하고 당당하고 보람 있게 만들 것 입니다.

세상에 소중하지 않은 것은 없습니다.

서로가 서로를 존중해야 합니다. 거기에 삶에 도道가 있습니다.

예수님께서 가난한자들을 보며 저들이 하느님이라 말씀 하셨던 것 은..

힘없고 어려운 자들을 하느님처럼 따뜻이 보살피라는 의미도 있겠 지만..

가난한 자들이야 말로 세상에 큰 죄를 짓지 않고 사는 자들이라고 보고 계시기 때문이라고 믿습니다.

진정 신神이 존재하신다면 꼭 신神을 모신 곳을 나가지 않거나, 많 은 성금을 내지 않아도..

신神은 귤 한 바가지를 사주는 그 마음을 머리 쓰다듬어 주실 것 입 니다.

당신이 세상 낮은 곳에 손 내밀 때 신神의 축복은 언제나 함께 할 것 입니다.

당신 뒤에서 포근하게 안아주며 따스한 행복감을 전해 줄 것 입니 다.

어느 '야생화' 그녀의 사랑 이야기

한 여자가 있었습니다. 예쁜 얼굴, 날씬한 몸매에 신비로운 향기까지...

사람들은 그런 그녀를 좋아 했고 서로 그녀의 마음을 가지려 애썼습니다.

그녀는 자신을 좋아해주는 사람들을 위해 아름다운 노래를 불러 주었습니다.

너무도 아름다운 그녀가 부르는 낭랑한 노래는 먼 곳까지 울려 퍼졌고..

점점 더 많은 사람들이 그녀를 좋아하게 만들었습니다.

그런 그녀에 대한 소문은 아주 멀리로까지 퍼져나갔습니다.

결국 높고 화려한 위치에 있는 사람은 그녀에게 멋진 무대는 마련해 줄테니 그곳에서 노래하라고 제의 했습니다.

이제 그녀는 더 높은 무대에서 더 많은 사람들의 환호 속에서 노래 하게 되었습니다.

높은 위치의 그 사람은 그녀를 무대에 세우며 아주 자랑스러워했습니다.

아름다운 외모에 사람들 마음을 뒤흔드는 노래까지 하는 그녀..

그래서 마치 노래에서 향기가 나는 것 같은 신비로운 매력의 그녀를 자기가 만들어 놓았다고 믿었기 때문입니다.

그래서 틈만 나면 늘 많은 사람들 앞에 그녀를 내세우며 노래를 시켰습니다.

많은 사람들이 아름다운 그녀를 옆에 두고 자기 마음대로 노래를 시킬 수 있는 그 남자를 부러워했고..

그럴 때마다 그는 남들에게 자랑삼아 그녀에게 계속 노래를 불러주라고 말했습니다.

하지만 그녀는 몰랐습니다.

그녀의 노래는 온몸으로 부르는 영혼의 목소리인지라..

그녀가 노래를 하면 할수록 그녀는 야위어만 갔습니다.

그래도 그녀는 몰랐습니다.

그렇게 노래를 하면 할수록 자신의 몸이 야위어져가 결국엔 자신의 아름다운 몸이 모두 사라져 버리고..

볼품없는 모습으로 변해가게 된다는 것을...

그렇지만 그녀는 자신의 노래를 들으며 환호하는 그 사람들을 위해 노래를 계속 했고..

점점 그녀는 볼품없이 초라한 모습으로 변해 버렸습니다.

노래에서 향기가 느껴지던 신비로움도 사라지게 되었습니다.

이제 사람들은 더 이상 그녀의 노래를 들으려 하지 않게 되었습니다.

마찬가지로 사람들이 좋아하지 않는 그녀를 더 이상 그 높은 사람도 사랑해주지 않았습니다.

결국 그녀는 멋진 무대와 화려한 위치에서 버려졌습니다.

혼자가 되어 원래 살던 그곳으로 돌아오게 된 그녀..

하지만 그녀는 여전히 노래를 불렀습니다. 노래는 그녀의 살아있음 이었기에...

그렇지만 더 이상 아무도 들어주지 않는 혼자만의 노래였습니다.

그래도 그녀는 괜찮았습니다. 그냥 노래 부르는 것을 좋아했기에..

언덕에 홀로 앉아 하염없이 노래 부르는 그녀..

그런 그녀의 모습을 본 사람들은 이제 그녀를 '천상화'라는 '야생화' 로 부르기 시작 했습니다.

그렇게 그녀는 '천상화'가 되었습니다.

또 다른 한 남자가 있었습니다.

그의 성실한 태도와 정직하고 진실한 자세는 모두가 그를 좋아하게 만들었습니다.

그 역시 그런 사람들에게 진심으로 감사했습니다.

그래서 그는 자신을 필요로 하는 사람들을 위해 온몸으로 일했고,

자신이 이들을 위해 이렇게 열심히 일하는 것이 자신의 재능에 대한 당연한 사명이라고 생각 했습니다.

사람들이 자신의 소중함을 알아주지 않아도, 때로는 지치고 힘들어도 그는 그저 묵묵히 열심히 일만 했습니다.

하지만 그 역시도 몰랐습니다.

온몸을 던져 일하는 그 순간 자신 내부의 에너지는 서서히 닳아 버리고..

결국 초라하고 낡은 모습으로 껍질만 남을 수 있게 된다는 사실을...

그는 늘 아무렇지 않은 듯 자신을 던져 일했고 그렇게 일하는 자신에게서 삶의 의미를 찾곤 했습니다.

그렇게 얼마나 많은 시간들을 일을 했을까....

어느 날 그는 쓰러져 버렸습니다.

드디어 자신의 에너지를 모두 닳아 버리고 껍질만 남은 것입니다.

더 이상 사람들은 일할 수 없는 그를 필요로 하지 않았습니다.

그가 자신의 마음을 이야기 할 기회조차도 없이 사람들은 그에게서 돌아서 버렸습니다.

그리고 그는 그렇게 사람들에게 버려졌습니다.

그러던 어느 날..

그렇게 세상에 외롭게 버려져 있던 두 사람이 우연히 만나게 되었습니다.

두 사람 모두 서로가 완전하지 못하다는 것을 한눈에 알 수 있었습니다.

많은 말을 하지 않아도 서로의 아픔을 알아 볼 수 있는 눈을 갖게 되었기 때문인지도 모릅니다.

그래서인지 두 사람은 차마 서로의 아픔을 묻지 못했습니다.

그리고 그런 아픈 과거는 두 사람에게 그렇게 중요한 문제가 아니었습니다.

두 사람은 비록 완전하지 못한 상태이지만 서로에 대한 아픔을 이야기하기 보다는..

그래도 희망을 말해야 한다는 것을 잘 알고 있었기 때문 입니다.

서로에게 진심을 담아 말했습니다.

"당신에게는 아직도 아름다운 목소리가 남아 있어요....

당신의 그 목소리면 아직도 충분히 고운 노래를 들려줄 수 있다구요...."

"하지만 더 이상 내 노래를 들으려는 사람이 없어요..."

"그렇지 않아요.. 내가 듣잖아요.. 비록 세상에 인정받지 못하는 부족한 사람이지만 당신 노래의 소중함은 알아요..."

"아니예요, 당신이야 말로 아직도 분명 할 수 있는 일이 있어요.. 다시 굳건히 일어설 수 있다구요...."

"........"

더 이상 서로 아무 말하지 않았습니다.

얼마가 지났을까요...

남자가 말했습니다.

나도 아직은 무언가 하고 싶은 것들이 있습니다...

하지만 내 혼자 할 수 있는 상황은 아닌 것 같아요...

당신과 함께라면 충분히 가능할거라고 생각 합니다...

아직 나에게 남아 있는 재능과 당신의 변하지 않은 그 고운 목소리가 함께 한다면...

우린 아직 무언가를 할 수가 있을 것 같습니다.

여자도 말했습니다.

저 역시 마찬가지로 생각 했어요...

우리에겐 아직 못다 부른 노래와 하고 싶은 일들이 남아 있잖아요...

저의 부족함을 채워준다면 우리 충분히 멋진 일들을 다시 할 수도 있을 거예요...

　세상엔 여러 가지 만남이 있습니다.
　그리고 이런 만남도 있습니다. 나 혼자로는 아무런 존재의 이유가
없지만 그 누군가와 함께라면..
　삶에 새로운 의미를 갖고 새로운 삶을 살며 세상 속에 무언가를 할
수 있는 만남.
　하지만 함께하던 누군가가 생명을 다하면 함께한 자신까지도 자신
의 존재 가치를 잃어버리는 그런 만남..

　여기 두 사람도 바로 그런 만남 입니다..

++++++

　야생화를 담은 질그릇.. 질그릇에 담긴 야생화..를 봅니다.

　어느덧 자신의 향기를 모두 써버려 화려한 매력은 보여줄 수 없기
에..
　많은 사람들이 찾지도 않고 멋진 자리에 장식되지도 않는 소박한
꽃..
　그래서 그 소박한 수수함이 오히려 자신만의 아름다운이 된 꽃, 야
생화..

네 번째 이야기 : 그래도 우리 삶은 너무 소중하지 않은가

오랫동안 자기 능력을 다하다보니 한쪽 귀퉁이가 깨어져버려..

이젠 더 이상 식탁에 오를 수 없는 질그릇..

그들 각자로는 더 이상 큰 의미가 되지 못하지만..

그들이 하나로 합해지면 새로운 의미를 갖습니다.

또한 그 어느 하나가 사라지면 그 나머지도 더 이상 존재의 의미를 찾기 어려운 둘의 하나됨...

둘이 함께하기에 존재할 수 있는 하나들...

야생화를 담은 질그릇.. 질그릇에 담긴 야생화..에서..

그런 둘이 함께하기에 존재할 수 있는 그런 만남과 사랑을 봅니다.

이제 '야생화' 그녀는...

예전처럼 거친 들에 홀로 외롭게 앉아 아무도 들어주지 않는 노래를 쓸쓸히 부르지 않아도 됩니다.

더 이상 찾아보는 사람 없는 들꽃이 아니라 '질그릇' 그 남자의 밑받침으로 자신만의 매력과 향기로 세상 속에 주목 받는 존재로 거듭났기 때문 입니다.

그렇게 '야생화' 그녀의 아름다운 노래는 '꽃향기'가 되어 세상에 다시 들려지기 시작 했습니다.

'질그릇' 그는 앞으로도 언제나 그녀를 지켜줄 것입니다.

그리고 '야생화' 그녀 역시도 '질그릇' 그와 변함없이 함께할 것입니다.

함께하기에 아름다울 수 있었으니까요..

그들은 이렇게 함께하기에 새롭게 태어날 수 있고.. 그 존재의 의미를 다시 찾게 되었습니다.

부족한듯하지만 그 모습 그대로의 서로를 사랑 했기에 그들은 사랑 받는 존재로 거듭난 것입니다.

이제는 둘만의 사랑을 넘어 다른 사람들에게까지도 사랑 받는 그런 소중한 존재로...

그렇게 각자 하나로는 부족하지만 둘이 함께하기에 아름다워질 수 있는 그런 사랑..

과연 우리 사랑은 어떤 사랑일까요.

네 번째 이야기 : 그래도 우리 삶은 너무 소중하지 않은가

"아주 은밀한 거래"
- 당신의 '양심'을 최고의 가격으로 산다면...

실직한지 일 년이 다 되어가는 신용불량자 박씨는 단골 PC방에서 시간을 보내다 아주 이상한 제목의 이메일 한통을 받았다.

'당신의 양심을 최고의 가격으로 삽니다.'

무슨 장난이려니 하고 그냥 지우려다가 왠지 모를 호기심에 이메일을 열어 보았다.
이메일 내용은 TV 광고의 한 구절처럼 시작되어 마지막에 특이한 전화번호를 남겨 놓은 것으로 끝이었다.

'지금 많이 힘드시죠? 아직 기회는 있습니다.'
'당신의 양심을 파세요. 최고의 가격으로 사겠습니다.'
'지금 바로 전화 주세요. 결코 후회하지 않습니다.'

박씨는 그 메일에 사기성이 느껴졌지만 너무나 곤궁한 사정으로 혹시나 하는 마음에 전화기를 들었다.
무슨 범죄를 청부 할지도 모르겠지만 지금 이것저것 가릴 사정이 아니었다.

당장 오늘만해도 돈이 없어서 이 세상에서 가장 사랑하는 외아들이 소풍을 가는데도 용돈 한푼 주지 못했다.

신호가 가고 저쪽편에서 근엄하고 차분한 목소리가 들렸다.

"예, '양심 주식회사' 입니다."

"안녕하세요. 양심을 사신다는 메일 보고 전화 드렸습니다. 그런데 도대체 양심을 어떻게 사고 판단 말입니까?"

"말 그대로 양심을 사고 파는 것입니다. 우리는 당신에게 양심을 팔 아야만 수행 할 수 있는 세가지 지시를 내립니다. 당신이 그 지시를 한 가지씩 수행 할 때마다 당신 통장에 삼십억원의 돈이 단계적으로 입금 됩니다. 단 그 돈은 당신이 세가지 지시를 모두 수행 하셔야만 돈을 찾 으실 수 있습니다.

물론 당신 통장으로 입금이 확인 된 것을 그때마다 확인은 시켜 드 리지만 세가지 지시를 모두 수행 할때까지 통장은 우리가 임시로 보관 합니다. 당신이 세가지 지시를 모두 수행하면 당신이 확실히 양심을 잃어 버린 사람이 됩니다. 그리고 당신의 잃어버린 양심은 우리가 돈 을 지불 했으니 우리가 사는 것이 되죠."

"도대체 그 지시란건 뭐고 그 대가는 구체적으로 얼마죠?"

"그렇게 어렵지 않은 일입니다. 당신이 양심을 저희에게 팔겠다는 결심만 하신다면...그 세가지 모두를 지금 당장 가르쳐 드릴 수는 없고, 첫번째 지시 사항 한가지는 가르쳐 드리겠습니다. 나머지는 다음 지시를 수행할 때 다시 가르쳐 드리죠."

"그럼, 우선 첫번째 지시를 알려 주십시오. 듣고서 판단하죠."

"음..별로 당신의 소극적인 태도가 마음에 들지는 않지만 정히 그렇다면 말씀 드리죠. 첫번째 지시는 당신의 가장 친구를 매우 불행하게 만드는 것입니다."

"제가 무슨 능력으로 그 친구를 불행하게 하죠. 지금의 저는 아무런 능력도 돈도 없는데...?"

"그 점은 걱정마세요. 당신이 회원 등록을 신청하는 순간 우리 회사가 당신과 당신 주변 사람들에 대한 상세 정보를 파악 합니다. 그리고 당신과 가장 친한 친구를 조사해서 그 사람을 불행하게 만들 방법을 당신에게 알려 드립니다. 그럼 당신이 그 방법으로 친구의 뒤통수를 치면 됩니다. 물론 그 일은 그렇게 어렵지 않은 일이죠. 양심만 버리면 얼마든지 할 수 있는 쉬운 일이죠. 당신은 단지 양심만 버리면 됩니다."

"그렇게 해서 도대체 당신들에게 남는 것이 뭐죠? 무엇 때문에 많은 돈을 들여 그런 일을 하죠?"

"우린 세상에 양심이란 것이 있다는 것 자체를 싫어하는 사람들이라고 알고 계세요. 통장 개설은 우리가 하고 예금주는 당신 이름으로 됩니다. 당신은 인터넷으로 입금 여부를 확인 하실 수 있습니다. 우선 생활에 필요한 최소한의 생계비는 첫번째 상세 지시와 함께 우편으로 보내 드리겠습니다. 하실 수 있으시겠죠."

"........"

"대답이 없으신 걸 보니 하시겠다는 뜻으로 이해 되는군요. 그럼, 당신의 이름과 주민번호를 알려 주십시오. 열흘 이내로 당신에게 구체적인 지시가 적힌 우편과 활동비가 보내 질 것입니다. 그리고 우리와의 관계를 그 누구에게도 발설 해서는 안됩니다. 그 사실을 발설 하는 순간 당신과 당신 가족은 이 세상에서 사라 질 수 있습니다. 이점 명심 하시기 바랍니다."

박씨는 얼떨결에 몇몇 신상 정보를 알려 주고 전화를 끊었다.

'가장 친한 친구를 불행하게 해야 한다....'

갑자기 머리 속이 복잡해 졌다. 자신이 통화한 내용이 마치 환상처럼 느껴졌다. 도저히 믿기지 않는 엉뚱한 내용의 대화가 있었지만 통화가 있었던 건 사실이었다. 확실한 사실을 확인 하기 위해서는 일단 첫번째 지시가 적힌 편지가 올 때까지 기다리는 수 밖에 없었다.

그리고 열흘이 지났다.

믿기지 않게 겉봉에 양심 주식회사라고 씌어진 소포가 왔다.

박씨는 놀람과 함께 급하게 소포를 뜯어 보았다. 거기에는 한 뭉치의 돈과 함께 편지 한 장이 들어 있었다.

편지의 내용은 대략 이런 것이었다.

"당신의 가장 친한 친구 이석진은 이틀 후 십 년 동안 모은 적금을 타 새집을 계약 하기로 했습니다. 돈을 찾아 계약을 하러 가는 그를 우리는 납치, 감금 할 것 입니다. 그리고 그에게 가장 친한 친구 한명에게 전화를 해 구해 달라고 말 할 수 있는 기회를 줄 것 입니다.

그때 그가 당신에게 전화를 해서 도와 달라고 하면 끝까지 '나는 당신을 모른다'고 말하십시오. 당신은 그것으로 모든 일을 다한 것입니다. 나머지는 우리쪽 사람들이 알아서 할 것 입니다. 집으로 돌아가 계시면 다음날 1억원이 입금 되어 있을 것입니다."

편지를 읽은 박씨는 이런저런 고민을 했다. 믿기지 않는 사실이지만 실제 편지와 돈이 보내져 온 것을 보니 결코 거짓은 아닌 듯 했다. 잠시 친구에게 이런 사실을 말 할까 하는 생각도 했다. 하지만 자신이 직접 그를 납치 하는 것도 아니고 단지 모른 척 하는 대가로 1억을 받을 수 있다는 사실에 이내 마음을 굳혔다.

이런저런 찜찜한 마음을 털려고 박씨는 모처럼 좋은 곳에서 진탕 술을 마셨다. 술을 마시니 어느새 마음이 안정 되는 것도 같았다. 그리고 술이 더 취하자 일이 끝나고 받게 될 1억이라는 돈이 기대되어 은근히 마음이 부풀어 올랐다.

밤새 마신 술 탓에 오후가 되어서까지 박씨는 잠자리에서 일어나질 못했다. 비몽사몽간에 몽롱해 있는 상황에 난데없이 전화벨 소리가 들렸다. 어차피 특별히 전화 올 곳도 전화가 온 것을 보니 직감적으로 약속된 그 일인 것 같았다. 순간적으로 정신이 확 들었다. 담배를 빼어 물며 떨리는 손으로 수화기를 들었다.

"여보세요?"

"나야, 석진이. 지금 나 좀 빨리 도와줘! 나 납치 당했어. 경찰에 신고 좀 해!"

"석진이가 누구죠? 저는 석진이라는 사람 몰라요."

"무슨 소리야! 나 이석진이라구. 너 박용태 맞잖아. 삼십년을 함께 한 친구 박용태."

네 번째 이야기 : 그래도 우리 삶은 너무 소중하지 않은가

"박용태는 맞지만 이석진은 모릅니다."

"너 갑자기 왜 그래? 지금 이건 장난이 아냐. 진짜 내가 납치되어 있다구. 어서 빨리 경찰에 신고해!"

"이석진이라는 사람을 모른다는데 왜 그러십니까? 이석진이라는 사람을 알아야 경찰에 신고를 할거 아닙니까?"

"용태야! 제발 살려줘! 나 석진이야, 석진이!"

"죄송합니다. 저 그런 사람 알고 지낸 적 없습니다."

"용태야! 으윽! 용태야!"

수화기 너머에서 갑자기 비명 소리가 들렸다. 그리고 간절히 박씨를 부르는 소리가 들렸다. 하지만 박씨는 냉정히 전화를 끊어 버렸다.

너무도 기분이 찜찜해져서 연신 줄담배를 빼물었다. 몇대의 담배를 피운 그는 자리에서 일어서 아직 무척 이른 시간임에도 불구하고 술집을 찾아 나섰다.

다음날 떨리는 마음으로 인터넷을 통해 그들이 알려준 계좌를 접속해 보니 실제로 1억의 돈이 박씨의 명의로 입금 되어 있었다. 박씨는

247

즉시 양심 주식회사로 다시 전화를 걸었다.

"고맙습니다. 정말로 돈이 입금 되어 있군요. 믿어지지 않습니다. 너무 고맙습니다."

"저희는 약속은 확실히 지킵니다."

"저는 빨리 일을 끝내고 돈을 찾고 싶습니다. 집도 사고 차도 사고 생각만 해도 너무 신나네요. 빨리 다음 지시를 내려 주십시오."

"네, 잘았겠습니다. 삼일 내로 두번째 지시를 내려 드리겠습니다. 이번에도 잘 완수 하시길..."

"아무 걱정 마시고 빨리 지시나 주십시오."

막상 돈이 입금 된 것을 확인하니 석진에 대한 걱정이나 머릿속의 혼란감은 어디론가 사라졌다. 엄청난 거금이 생겼다는 즐거움에 마음이 너무도 유쾌해졌다. 그 돈으로 무엇을 할 것인가를 고민하기 시작했다.

다시 삼일 후 지난번과 마찬가지로 양심 주식회사에서 소포를 받았다.

네 번째 이야기 : 그래도 우리 삶은 너무 소중하지 않은가

짧게 심호흡을 한 후 편지를 펴 들었다. 편지를 읽고 보니 이번 일은 어쩌면 지난번 일보다 쉬운 일이었다. 박씨와 직접적인 관계가 없는 사람을 불행하게 만들라는 지시였다. 이 나라에서 가장 존경 받는 빈민 운동가이며 대단한 스님이신 '공공' 스님을 불행하게 하면 된다는 것이었다.

평소에는 빈민 구제 활동을 하다가 일년에 한번씩 암자에 들어가 참선을 하시는 스님을 만나러 박씨는 산 속으로 향했다. 약속된 시간보다 늦을까 봐 서두른 탓인지 장소에 무사히 제 시간에 도착 할 수 있었다.

그리고 약속된 바위 위에 걸쳐 앉아 얼마를 기다렸을까! 어둠이 막 깔리려 할 즈음에 스님 한분이 엉금엉금 기어오고 있었다. 역시나 이미 연락 받은 지시대로 TV에서 몇 번 본 적이 있는 '공공' 스님이었다.

힘겹게 기어서 '공공' 스님이 박씨 앞에 다가왔다. '공공' 스님은 간신히 박씨에게 손을 내밀며 말했다.

"저 좀 도와주시오. 산 속에서 왠 불량배들에게 당해 이렇게 되었다오. 산 아래까지만 부축 좀 해주시구려."

"싫습니다. 저 혼자 내려가기도 힘듭니다."

박씨는 연락 받은 지시대로 '공공' 스님을 외면 했다. 몇번의 간절한 애원이 있었지만 박씨는 끝내 스님의 부탁을 거절 했다.

"정히 부축하기 싫으시다면 그럼 산 아래 내려가서 다른 사람들에게 연락이라도 해주시오. 이제 어둠이 짙어지는데 너무 난감하오."

"난 모르는 일이니 스님 일은 스님이 알아서 하십시오. 저는 먼저 내려가 보겠습니다."

혼자 산을 내려온 박씨는 밤 열차를 타고 집으로 돌아왔다. 다음날 약속대로 2억원의 돈이 또 입금 되었고 돈을 찾고 싶은 마음은 점점 다급해졌다. 어서 빨리 '양심 주식회사'에서 연락을 해주면 좋겠다는 생각뿐이었다.

드디어 애타게 기다리던 마지막 세번째 소포가 왔다.

과연 마지막 지시는 무얼까 하는 생각으로 급하게 편지를 펴든 박씨는 깜짝 놀라고 말았다.

"당신이 가장 사랑하는 아들을 바다에 떠밀어 넣으십시오. 이것으로 당신은 완전히 양심을 버리는 것입니다. 이 일을 마치면 모두 합쳐 30억의 돈이 당신을 기다립니다.'

편지를 읽고 난 박씨의 온 몸이 부르르 떨렸다. 아무리 돈이 좋다고 해도 4대 독자 외아들을 바다로 떠밀어 넣을 수는 없는 일이었다. 그렇다고 지금까지 양심을 버려 벌어 둔 3억을 그냥 날려 버릴 수 만도 없었다.

박씨는 '양심 주식회사'로 전화를 걸었다. 적당히 타협을 할 참이었다.

"차마 이번 세번째 지시는 도저히 수행 하기 어렵습니다. 다른 것으로 바꿀 수는 없을까요? 그 대신 저도 보상금을 반만 받겠습니다."

"안됩니다. 그 세번째가 가장 중요 합니다. 그 지시를 수행 해야만 당신은 양심을 완전히 파신 겁니다. 양심을 팔겠다고 약속 하셨으면 확실히 파십시오."

"그래도 그건 너무 합니다. 어떻게 4대 독자 외아들을 버릴 수 있습니까. 제발 그것만은 바꿔주십시오."

"당신은 아직 양심을 팔기에 부족하군요. 그럼 이쯤에서 거래를 그만두죠. 이전에 입금된 3억은 당연히 사라집니다."

"그럴 수는 없습니다. 저는 이미 제 가장 소중한 친구도 버렸고 이 나라에서 가장 존경 받는 스님도 내팽개쳤습니다. 제 양심을 거의 다 버렸습니다. 하지만 이건 너무 어렵습니다. 4대 독자 외아들입니다.

집안의 대가 끊어져 버립니다."

"여보세요. 그럼 공짜로 성공 하려고 하셨습니까? 주변에 성공한 사람들 보세요. 겉은 다 그럴듯해 보이지만 뒤를 조금만 캐 보면 모두 그렇게 양심 버리고 성공 한 겁니다. 원래 다 속고 속이고, 배신하고 뒤통수 치고 다 그런 거 아닙니까.

당신이 단 한 명이라도 양심 지켜 성공한 사람을 내게 소개해주면 내가 양보 하리다. 남 어려운 거, 남 고통 다 무시해야 성공 합니다. 양심 찾고 의리 찾아 언제 돈 벌고 성공 합니까? 정신 차리세요. 십억입니다. 십억!"

"그래도..그건...."

"약속된 날짜까지 지시가 이행되지 않으면 계약은 없었던 것으로 하겠습니다. 그럼 이만 끊습니다."
통화가 끝난 후에도 박씨는 한동안 멍하니 수화기를 들고 있었다.

이제 그의 선택만이 남은 것이다. 약속된 기일은 몇 일 남지 않았다. 박씨는 일단 활동비로 받은 돈을 가지고 아들을 데리고 놀이공원도 가고 맛있는 것도 사 주었다. 초조함과 서글픔이 잠시도 쉴 틈 없이 끊임없이 교차 되었다. 그리고 결국 마지막 날 아침이 밝았다.

네 번째 이야기 : 그래도 우리 삶은 너무 소중하지 않은가

박씨는 아들을 데리고 길을 나섰다. 아들은 갑자기 계속되는 아버지와의 여행에 마냥 들떠 있었다. 박씨는 바다로 가는 차안에서 계속 아들의 머리를 쓰다듬었다. 어느덧 약속된 바다에 왔다.

평일의 바다 낚시배는 너무도 한산 했다. 박씨와 아들, 그리고 배를 모는 선장 뿐이었다. 배는 바다 한가운데로 자꾸만 나갔다. 육지가 가물 거리며 보이자 선장은 그만 자리를 잡자고 말했다. 그 때였다. 갑자기 박씨의 휴대폰이 울렸다.

"여보세요?"

"양심 주식회사 입니다. 약속시간이 이제 십분 남았습니다. 명심 하십시오. 십분이 지나면 모든 계약은 사라집니다. 그럼, 냉정한 결정을 바랍니다."

매우 짧은 통화였다. 박씨는 또다시 담배를 빼물었다.
..10분..

박씨는 옆에 앉은 아들을 한 팔로 껴안았다. 담배를 내뱉은 그는 아들을 힘 주어 껴안으며 아들의 볼을 자기 얼굴에 부빈 후 나지막히 말했다.

"미안하다. 아버지를 용서해라. 미안하다.."

영문을 모르는 아들은 아버지의 포옹에 어쩔 줄 모르며 어리둥절한 표정으로 가만히 서 있었다.

잠시 후 박씨는 아이를 번쩍 들어 올렸다. 그리고 눈을 질끈 감고 손을 놓아 버렸다.

박씨가 흐르는 눈물을 훔치며 눈을 떴을 때 의외의 상황이 벌어졌다. 그들 부자는 배에 탔을 때 구명조끼를 입고 있었던 것이다. 그 생각까지는 미처 하지 못했던 것이다.

아들은 물에 동동 떠 허우적 거리고 있었다. 차마 더 이상 그냥 두고 볼 수는 없었다. 박씨는 물 속으로 뛰어 들었다. 황급히 헤엄쳐 아이에게 다가가 아이를 붙잡고 선장에게 소리 쳤다.

"선장님! 구해주세요."

"………"

"선장님. 뭐 하십니까. 빨리 밧줄을 던져 주시지 않고."

"그럴 수는 없수. 알아서 육지까지 나오슈. 나는 이만 돌아 가오."

"그게 무슨 말씀 입니까? 사람이 물에 빠졌는데"

"어째 건 싫수. 그리고 나를 원망 하지 마시오. 나도 어쩔 수 없수."

"뭐가 어쩔 수 없단 말 입니까? 물에 빠진 사람을 건지는 것이 당연하지."

"그거야 양심 있는 사람들 얘기지. 난 양심을 버리고 살기로 했거든."

갑자기 박씨의 뇌리를 스치는 직감이 있었다.

"혹시, 당신도 양심 주식회사....."

"......"

선장은 더 이상의 대답없이 배를 돌려 떠났다. 아들과 함께 물 위에서 발버둥치던 박씨는 이내 헤엄쳐 나가기를 포기 했다. 헤엄쳐 가기는 너무 멀었다. 점점 추워졌다. 아들은 정신을 잃었는지 아무 말이 없었다. 박씨도 지그시 눈을 감았다. 하지만 아이의 손만은 놓지 않았다. 아이 역시 마찬가지였다. 아무 정신이 없는 것 같았지만 여전히 아빠의 손을 꼭 쥐고 있었다. 그들은 그렇게 물 위를 떠다니고 있었다.

박씨가 다시 눈을 떴을 때는 이미 깊은 밤인 듯 싶었다. 하늘 위로 별이 가득히 보였다. 어렵게 몸을 일으켜 세웠다. 해변가 인 것 같았

다. 흠칫 놀라 아이를 찾았다. 옆에 작은 모닥불 옆에서 아이가 누군가
와 함께 불을 쬐고 있었다. 우선 다행이다 라는 생각부터 들었다.

"정신이 좀 드시오?"

"아, 예.,, 그런데 여기는 어디고, 어르신은 누구 십니까?"

"육지에서 멀지 않은 무인도라오. 난 낚시꾼이고..당신들 부자는 파
도에 떠밀려 왔고.."

"그렇군요."

"따뜻한 차나 한잔 하시구라."

불을 쬐고 따뜻한 차를 마시자 조금은 기운이 되살아 나는 듯 했다.
서로 말없이 불을 쬐고 있으려니 왠지 서먹한 것 같아 박씨가 먼저
말문을 열었다.

"낚시를 무척 좋아 하시나 보죠?"

"아니. 낚시 안 좋아해."

"그럼 어떻게 혼자 무인도에 낚시를 오셨어요?"

"이곳에 오긴 와야 하는데 같이 올 사람이 없어서 혼자 왔지..."

"같이 올 사람이 없다니요? 친구분들이라도 함께 오시면 되잖아요."

"친구야 내가 다 버렸는걸 뭐,..."

노인의 우울한 대답에 더 이상 말을 이어 가기가 어려운 분위기가 되었다.

"......."

"그 예전 성공 하겠다고 친구와 가족을 모두 버렸었지. 이제와서 찾겠다고 한들 그게 어디 가능한가. 그래서 이렇게 나 혼자 추억의 장소를 찾아 다니지. 이 섬은 친구들과 가족 동반으로 놀러 왔던 곳이야. 이미 내게는 사라져 버린 사람들이지만.. 지금 돌이켜 보면 내 인생은 실패한 거래야."

"그러셨군요.."

"혹시, 자네에게 누군가 엄청난 돈을 조건으로 친구를 버리라는 은밀한 거래를 제의 한다면 어쩔 건가?"

"은밀한 거래요?"

"그래. 은밀한 거래."

"저는 이제 절대 사랑하는 사람의 손을 놓지는 않을 겁니다. 절대로요."

"과연 그럴까?"

"그럼요. 당연히 그래야죠. 핫하하!"

박씨는 갑자기 옆에 앉은 아들을 와락 부둥켜 안았다. 방금까지 크게 웃었던 박씨는 그 무슨 변덕인지 굵은 눈물을 떨군다. 아이는 그런 아버지의 눈물에 아랑곳 하지 않고 해변 하늘 위에 반짝이는 별들을 세고 있다.

이미 많은 사람들이 돈만으로는 행복할 수 없다고 수없이 말했지만 사람들은 그 말을 별로 믿지 않는다. 그래서 지금도 양심 주식회사의 유혹적인 사업은 계속 되고 있다.

'지금 많이 힘드시죠? 아직 기회는 있습니다.'
'당신의 양심을 파세요. 최고의 가격으로 사겠습니다.'
'지금 바로 전화 주세요. 결코 후회하지 않습니다.'

양심 주식회사의 사업이 어디까지 성장할지는 여전히 미지수이다.

그러나 여전히 고객들이 꾸준히 늘어나는 것을 보면 사업 확장이 그리 힘들지는 않은 것 같다. 아마도 돈만 있으면 행복할 수 있을 것 같고 돈으로 행복까지 살 수 있다고 믿는 사람들이 있는 한 양심 주식회사의 사업은 계속 이어질 것이다.

그런데 '양심 주식회사'에서 양심을 버린 댓가로 지급한 돈은 급속히 늘어났지만 행복해졌다는 사람은 그리 늘지 않았다. 오히려 살기 힘드니 양심을 버리겠다는 사람만 더더욱 늘어간다. 도대체 이것은 무엇 때문일까?

아직 당신을 기다립니다

이제야, 당신의 사랑을 알게 되었습니다..

'울지 않는 파랑새'에 대해...

겨울새를 잡아 가두어...
또 다른 계절이 다가오면 미련 없이 날려버릴 것..
또 다른 계절을 홀로 난다는 지울 수 없는 외로움..

어릴 때부터 갖고 싶은 파랑새 한 마리가 있었네..
그러나 그 파랑새는 내 곁으로 잠시 날아 왔을 뿐..
단 한 번도 내 어깨에 앉지 않았었네..

늘 잡으려면 날아가고... 잡으려면 날아가고...
그렇게 잡힐 듯 잡힐 듯 잡히지 않고..
단 한 번도 내가 갖고 싶은 것을 갖지 못하는..
그런 내 운명을 서러워하며 난 그리도 울었었네..

어느덧 수십년이 흘러서야 이제 나는 알았네..
잡을 수 없어 '파랑새'임을..
잡지 말아야 하기에 '파랑새'임을..
그 어쩔수 없는 숙명을 원망하며 또 그렇게 울었네..

그러나 함부로 울지도 못하기에 '파랑새'임을..

떠날수도 없으면서 머무를 수도 없기에.. 더 외로운 '파랑새'임을..

더 긴 세월이 흘러서야 비로소 나는 알았네..

아무리 그냥 날려버리자.. 잊어버리자 수없이 가슴속에 되뇌었어도..

살아감이 아픈 것은 어쩔 수 없었네..

하지만 여전히 새장 속에 가두고 싶은 '파랑새' 한 마리..

그러나 더 이상 가둘 수 없음을 알기에..

결국 겨울이 오고서야 그를 위한다며 날려 보냈네..

겨울새를 잡아 가두어...

또 다른 계절이 다가오면 미련 없이 날려버릴 것..

또 다른 계절을 홀로 난다는 지울수 없는 외로움..

잡을 수 없기에.. 잡을 수 없는 나 보다..

울지 못하고 머무를 수 없어.. 더 외로운 '파랑새' 한 마리..

그렇게 '파랑새' 한 마리 오스스 떨고 있네..

　"울지 않는 새"

세상엔 울지 않는 새도 살고 있다네..

울고 있지 않다고 눈물이 없는 것은 아닐진데..

사람들은 그 눈물을 보지 못하네...

단지 울지 않는 새라고...

울지 못하는 새라고 막연히 알고 있을뿐...

하지만 울고 있지 않지만...

그 눈물을 삼키고 있는 그 새의 눈은 얼마나 슬프리...

언젠가 울지 않는 그 눈의 의미를 이해 할 수 있을 때..

비로소 세상에 내가 살아가고 있는 이유를 알게 될지니...

슬프고 힘들어도 세상에 눈을 보라...

울지 않고 흐르는 그 눈물을 보라....

세상 속 깊이 흐르는 그 사람의 시린 눈물을 보라...

그의 가슴속에 머금고 있는 그 눈물의 의미를 보라...

울지 않는 새.

눈물을 머금고 있지 않아도 가슴으로 울고 있으니....

새, 비로소 날아 오를때..

그 숨겨진 눈물의 의미를 알게 되리라....

'작은 화분'처럼 당신을 기다립니다.

사랑은 오래도록 기억되는 눈물..
사랑을 해 본 사람은 누구나 다 알고 있습니다.
사랑이 자신의 의지와는 아무 상관이 없다는 것을..

어쩌면 우리는 다들 어느 정도는 완전한 착각 속에 사는지도 모르겠
습니다.
누군가를 사랑하는 게 그 사람이 지닌
예를 들자면 그의 멋진 외모나 화려한 화술,
내가 갖지 못한 그만의 카리스마나 뭐 그런 거 때문일 거라고 생각
하지만..
사실 이것은 그 사람이 처음 누군가의 시선을 붙드는데 필요한 것일
뿐..

오래도록 그 사람에게 집중하게 만드는 그 무엇은
오히려 그 화려함 뒤에 숨겨진 그의 고통과 눈물 같은 인간적인 약
점들일 겁니다.

그런 약점을 다 알고 있으면서도 감싸주려고만 했던 사람.

그래서 당신은 늘 나에게 과분했던 사람.

그런 당신이 날 그렇게 사랑해주었다는 것은 정말 믿기지 않는 일입니다.

나를 위해 함께 울어준 사람도 잊지 못하겠지만..

나를 울게 한 사람 역시 어떻게 잊을 수 있을까요?

그래서 정말 믿기지 않을만큼..

난 당신을 영원히 잊지않고 기억할 것입니다.

사랑은 오래도록 기억되는 눈물이기에...

['작은 화분' 처럼 당신을 기다립니다.]

책상 한 귀퉁이에 작은 화분 하나를 올려 두었습니다.

책을 볼 때마다 물도 주고 햇볕을 쬐어 주었습니다.

그러기를 하루, 이틀,..사흘.. 나흘..

금새 커질 거라 생각 했지만 좀처럼 작은 화분은 키가 크질 않았습니다.

또 다시 그러기를 하루, 이틀,..사흘.. 나흘..

쉽게 키 크지 않는 화분이 싫어..

이제 더이상 그 작은 화분을 돌보지 않았습니다.

얼마 후 책 정리를 하다 보니 그 작은 화분이 눈에 띄었습니다.

어느새 초라하게 말라 있었습니다.

아마도 늘 물과 햇볕을 기다렸던 것 같습니다.

이미 늦어 버린 것 같았지만..

벌써 많이 시들어 버려 있었지만..

혹시나 하는 마음에 물을 주고 흙을 바꿔 햇볕 좋은 곳에 옮겨 놓았습니다.

그러기를 하루, 이틀,..사흘.. 나흘..

그 작은 화분은 언제 그랬냐는 듯 금새 싱싱해 져 있었습니다.

아마도 그 작은 화분은 물이 없고 햇볕이 없어 시들어 버린 것이 아니라..

물이 없고 햇볕이 없어 스스로 잎을 죽이고 숨을 움츠려
  나의 손길을 기다렸을지도 모릅니다.

내가 다시 찾을 때가 언제일지 모르기에
  최대한 아끼고 아껴 목마름의 시간들을 견뎠을지도 모릅니다.

정말 그렇게 나를 기다렸던 것이라면..
  작은 화분은 키가 크지 않은 대신 나에 대한 그리움을 속으로 키우고 있었던 것이겠지요.

이제 나의 창가에 또다시 피어나는 작은 꽃잎과 싱싱한 잎새는
내 마음까지도 고운 향기를 전해 줄 것입니다.

그 동안 눈에 띄지 않은 창가에 앉은 작은 화분 하나..
내가 눈길을 돌리지 않았을 때도 혼자 그 자리를 지킨 화분 하나..
혼자 지킨 책상이 너무 외롭더라도 거기 그렇게 있었기에....
그래서 다시 꽃 향기 아름답게 살아났기에..
언제든 그 작은 화분처럼 당신을 기다리렵니다.

그대가 다시 찾을 때가 언제일지 모르지만..
간절한 그리움을 참고 참으며 그대가 돌아보길 기다립니다.

그래서 당신이 원하신다면 그 언제든..
당신을 위해 작은 꽃 한 송이를 선사 하겠습니다.

오늘도 저는 당신이 돌아올 때를 기다리며
그리움을 내 속으로만 내 안으로만 꼬옥, 꼬옥 감추렵니다.

다시 만날 때까지 꼬옥, 꼬옥..
그 언제라도 꼬옥, 꼬옥..

작은 화분처럼
당신을 기다립니다.

다섯 번째 이야기 : 아직 당신을 기다립니다

사랑의 상처,
당신 삶에 주어진 아름다운 사랑의 증거..

당신이 사랑의 상처로 그토록 괴로워 한다는 것은..
그만큼 당신의 사랑이 순수했다는 증거입니다.

물론 이것으로 견딜 수 없이 아픈 사랑의 상처에 위로가 될 수는 없겠지만..
그래도 후일 당신의 인생에 주어진 아름다운 훈장으로 남겨질 것입니다.

누구는 말합니다.
"사랑에는 내일이 없다. 오직, 추억만 있을 뿐이다..."

맞습니다. 사랑은 가도 추억은 남고... 사랑은 잊혀져도 추억은 기억 됩니다.
결국 당신은 그 누구도 함부로 갖기 힘든 아름다운 추억을 가슴에 담게 된 것 입니다.
가슴이 먹먹해 제대로 서 있을수 조차 없는 사랑의 슬픔 때문에...

비록 이 순간 한없이 맘 아플지라도 상처가 아물고 세월이 지나면..

그 순수한 사랑은 사랑의 상처에서.. 가슴 뿌듯한 사랑의 훈장으로 변해 있을 것입니다.

바로 그렇게 사랑의 상처는 당신에게 아름다운 훈장으로 남겨질 것입니다.

사실 그렇습니다.

사랑이라는 폭풍우는 순수하면 순수할수록.. 절실하면 절실할수록..

진실하면 진실할수록 거세게 몰아칩니다.

하지만 세찬 사랑의 폭풍은 진실한 사랑을 간절히 원하는 사람에게만 내려지는..

온 세상 최고의 축복이며 행복의 환희이기도 합니다.

물론 그렇습니다.

사랑의 환희와 더불어 그리움과 외로움, 갈등과 슬픔이 끊임없이 교차되며 몰려오는..

엄청난 감정의 파도 역시 겪게 됩니다.

그래서 사랑은 지친 영혼을 다시 일으켜 세울 수 있는 행복이기도 하지만..

사람을 무너지게 만들 수도 있는 고통이기도 합니다.

그런 양면성의 사랑이기에..

기쁨과 슬픔이 동반 되는 것은 어쩔 수 없습니다.

그렇지만 바로 그것이 사랑만이 줄 수 있는 사랑의 신비 입니다.

일생동안 단 한번이라도..

그런 사랑의 행복과 환희와 신비를 느껴보는 것만으로도 감사한 일 아닐까요?

이제 사랑의 상처가, 아픔으로만 느껴지는 그 사랑이..

언젠가 그대의 삶에 한 줄기 빛나는 추억으로 새롭게 다가올 때,

그때 비로소 당신은 참사랑에 눈 뜨게 될 것 입니다.

부디 아프고 힘드시더라도..

아름답게 간직하고..

스스로의 사랑과 힘겨운 자신을 굳건히 지켜 가세요.

언젠가 다시 만날 그날을 위해...

언젠가 다시 사랑할 그 날을 위해...

언젠가 참사랑에 눈뜰 그 날을 위해...

지금의 아픈 사랑의 상처가..

당신 삶에 주어진 아름다운 사랑의 훈장으로..

새롭게 기억될 그 날을 위해...

사랑 중독, 그래도 오히려 당신이기에 고맙다

뻔히 이렇게 될 줄 알았지만.. 드디어 난 너에게 중독 되었다.
그렇게 돌이킬 수 없는 심각한 중독 후유증에 시달릴줄 알면서도..
난 그 사랑의 잔을 마셨다.

중독이 강해질수록 이유를 알 수 없는..
사실은 알고 있지만 알아도 그럴 수 밖에 없는..
허전함과 외로움이 내 주위에 서서히 깔리기 시작 했다.

그 허전함은 때론 아픔이고 상처가 되어 내 가슴을 아리게도 했다.
그러나 그 상처가 나를 아프게만 하지는 않았다.
때론 의외의 즐거움과 기쁨이 되기도 했다.

살면서 나에게 기억에 남을 만큼 포근했던 적은 어린 시절 내가 몹
시 아팠을 때였다.
심하게 홍역을 앓았을 때와 머리가 찢어져 피가 철철 나는 머리를
수건으로 동여 매고..
병원에 업혀 갔을 때 내 형은 나를 안아 주었다.

별로 사랑 받지 못하는.. 때였던 지라.. 그 포근함은 오래도록 내 기억에 남게 되었다.

이젠 그 때처럼 포근하게 안아 주는 사람은 없지만..

간혹.. 문득문득 그런 기분을 느끼곤 한다.

포근하게 안겨 있는 느낌..

사랑의 느낌을 갖고 있는 그 주인공들이 왜 혼자 있는 일상 속에서도 작은 것에

감사하고 소소한 세상에도 충만해 했는지..

이제 그 마음의 이유를 어렴풋이 이해 할 것도 같다.

이런 거구나..이런 것이었구나..그래서 그랬구나..

어쩌면 그 동안 그렇게 이기적으로 살았던 것 같다.

내 중심으로 내 입장에서만..내 맘대로만..

이제야 그 동안 이해하지 못했던 어려운 문제를 깨달은 것처럼..

그럴 수도 있고..그것도 옳은 것이고 진실이라는 것을 조금씩 눈 뜨고 있다.

유치하다고만 생각했던 '괴테'의 '젊은 베르테르의 슬픔'이 왜 그토록 오랫동안 사랑 받는 명작인지 알게 된 것은

정말 의외의 일이다.

스무 살 적에나 읽었던 그 책을 지금 또다시 꺼내 들고..

예전의 나였다면 많이 혼냈거나 무시했을 그 '베르테르'의 슬픔에 공감하며..

그 동안 모르던 또 다른 삶을 배우고 느꼈다.

원래 이렇게 나이를 먹고 세상을 알아가는 건지는 정확히 모르겠지만....

아마 당신 때문이었을 가망성이 매우 크다.

역시..세상 모든 일은 양면성이 있다.

사랑의 기쁨이 있으면 만나지 못할 때의 그리움과 비애가 있고..

또, 그런 비애와 슬픔이 있으면 그 너머에 또 다른 무언가가 있다.

살면서 내가 갖고 싶은 것을 별로 가져보지 못했다.

큰 욕심 내지 않아도 나에게 허락된 건 그리 많지 않았다.

내가 정말 갖고 싶은 것은 절대로 가질 수 없는 꿈이거나..이루어 질수 없는 현실이었다..

나에게 허락된 건 내가 원하기 보다는 나를 원했던 것..나를 필요로 했던 것들이 대부분이었다.

오래도록 그렇게 살았다.

그러나 그것이 옳은지도 모른다. 그래야 그 꿈과 희망의 소중함을 계속 안고 사니까..

희망은 희망이어야 하니까..

또 그 사람이 그나마 내가 먼발치에서도 볼 수 없게 내 곁을 아주 멀리 떠난다면...

지금까지 그랬던 것처럼 꿈을 꿈으로 안고..

또 그렇게 열심히 살면 된다. 살면 될 거다..

때론 사랑도 그렇다.

유행가 가사처럼 사랑하고 싶어도 사랑 할 수 없는 경우가 있고..

그 사랑을 그리움만으로 참아야 할 때도 있다.

결국 이런 혼자만의 사랑에 아픔을 억울해 하지 말고 그냥 받아 들여야 한다.

인생은 원래부터 그렇게 힘든 여정이고 사랑은 원래 그렇게 아픔을 동반하는 건지도 모른다.

사람은 참 외롭다.

그래서 나와 같은 생각, 나와 같은 느낌, 나와 같은 감성을 갖은 사람을 찾는다.

그렇게 해서라도 존재감을 확인하고..

함께 하는 사람을 그렇게라도 만났다는 사실에 위로 받아야 한다.

그래서 이 편지는 나를 사랑하지 않는 그 사람에게 말하고 있지만..

사실은 나에게 쓰는 편지일 것이다.

그 예전에도 그랬듯이..지금 역시도 그러하다..
그렇게 내 사랑은 결국 또 혼자다.

이제..
나를 중독시키고 떠나는 당신을..용서한다..
물론..그 중독 조차도 사실은 내가 스스로 선택한 것이었지만..
당신은 단 한번도 그러라고 한적이 없었지만..

뒤돌아 서서 흐르는 눈물을 모두 닦을 때까지...
사랑에 아팠던 내 그림자를..잘 위로 해주어야지..
그렇게 다시 일어섰을 때는 더이상 울지 말아야지..
사는 것이 그런 거니까..
그것이 삶이니까..

이래서 나는 당신에게 중독되었지만 그래도 괜찮다..
그래, 맞다. 오히려 당신이기에 고맙다.
당신에게 중독되어 고맙다.

다섯 번째 이야기 : 아직 당신을 기다립니다

그대, 나의 '바다'.. 나의 바다, '그대'..

　소년에게 바다는 신비감이었다. 살면서 단 한번도 바다를 보지 못했기 때문이었다.

　수많은 글과 그림과 사진으로 바다를 보았지만.. 단 한번도 바다를 직접 보지 못했기에..

　바다는 늘 동경의 대상이었다.

　수학여행 몇 시간을 버스를 달려 드디어 처음으로 바닷가에 도착했다.

　아!!.. 바다..

　정말 감탄스러움을 넘어 황홀함이 밀려 왔다.

　상상으로만 보았던 거친 파도와 가슴을 파고드는 그 후련한 바다 내음.

　소년은 그 감동 어린 감격을 아직도 잊지 못한다.

　그 후로 소년은 더 큰 어른이 되었지만 여전히 바다는 그리움이 되어 그를 불렀다.

　'이 생진' 시인이 '그리운 바다 성산포'라는 시에서

"나는 떼어놓을 수 없는 고독과 함께 배에서 내리자 마자 방파제에 앉아 술을 마셨다."고 노래 했듯이..

푸른 바다의 향취를 그리워하며 간혹 소주를 마시기도 했다.

그리고 바다 같은 '그녀'를 만났다.

처음 만난 그녀는 마치 소년이 처음 만난 바다에 감탄 했듯이..

그런 신비감을 감춘 바다의 느낌으로 다가왔다.

푸른 빛...

푸른 빛 바다 냄새...

그녀는 푸른 빛 향기와 파도처럼 피할 수 없는 매력으로 다가와..

수평선처럼 아련히 사라지며 또다시 나를 부르는 바다의 신비감을 갖고 있었다.

눈 앞에 펼쳐친 푸른 바다에 감격하고 그 깊고 진한 바다 향에 취하듯..

그녀의 이유를 알 수 없는 미소에서 푸른 바다 빛을 보았고,

깊이를 알 수 없는 목소리에서 파도 소리를 느꼈다.

그녀의 매력은 바다처럼 강렬 했기에..

처음 바다를 만났던 그때처럼 그녀를 만나고 돌아오는 날이면..

차마 내 안에 바다를 조금이라도 담아 둘 수 없다는 쓸쓸함에 우울함에 빠지곤 했다.

마치 비 오는 바다의 그 허전한 풍경처럼..

아, 바다..
아!!.. 바다..

그렇게 그녀는 그에게서 바다가 되었고,
더불어 늘 신비로운 그리움이 되었다.

사실 그는 그 동안 '사랑'이란 감정을 무시 했었다.
그건 단지 '감정의 사치'라고 생각 했었다.

그럴 수 밖에 없었던 것도 사실이다.
그래서 그녀의 사랑과 아픔과 눈물과 미소를 보이는 그대로 모두 믿을 수 없었다.

그러나 이제 알았다.
그녀의 사랑과 그녀의 진실과 그녀의 간절한 마음이 모두 사실이었다는 것을..
그래서 그렇게 누군가가 오래도록 그리울 수도 있다는 사실을..
항상 잊지 못하는 그리운 사람이 있을 수도 있다는 것을..
늘 그리운 바다 같은 사랑이 있다는 것을..

이제 그에게서 사랑을 배웠기에 이제서야 '사랑을 믿는다'고 편지를 쓴다.

비록 아주 오래 시간이 걸려 깨달았지만..

그대의 그 사랑은 정말 아름다웠다고..

푸른 바다의 신비처럼 푸르고 아득 했다고..

지금에야 고백한다.

당신은 나를 무심한 사람이라고 말하겠지만..

그래도 사실은 나도 그대가 보고 싶어 울었었다.

내 삶의 날들 속에 당신은 내 어깨를 가만히 두드리고 다가와서는..

막상 뒤돌아보면 파도처럼 사라지며 나를 울게 만들었다.

그렇게 오랜 세월 난 당신이 보고 싶어 눈물을 흘렸다.

내 혼자 뒤 돌아서서..

이러면 안 되는데 하면서도 당신이 보고 싶어 울었다.

그래서 사실은 당신보다 내가 더 당신을 보고 싶어 했었다고..

당신은 '바다' 같이 깊은 사랑을 하고 싶다고 말했었지.

그런데 사실은 당신이 내 삶에 '바다' 같은 사랑이었다.

'바다' 같이 깊은 사랑을 간직한 당신을 만났다는 것에 많이 감사 하
고.

늘 내 삶은 목 말랐지만 나에게 '바다' 같은 사랑을 가진 그대가 있어

행복 하였다.

결국 이렇게 사랑으로 돌아가는 것을..
사랑이 최고의 가치였다는 것을 인정하게 된다.

늘 마지막 감정 밑바닥에서 만나게 되는 보고 싶은 당신,
고맙습니다..
사랑할 만한 사람이 되어 준 것.
변함없이 사랑할 만한 사람이 되어 준 것.

그대 덕분에 내 젊음이 빛나고 추억할만한 아름다운 삶이 되었다고
믿는다.
내 인생 그대로 인해 빛났고, 그대로 인해 행복했다.

이제 바다가 늘 그리움이란 이름으로 나를 부르듯..
당신 역시도 늘 그리움으로 날 부른다.

그래서 난 늘 바다를 꿈꾼다. 당신에 대한 그리움으로..
그대, 나의 '바다'.. 나의 바다, '그대'..

아마 이 그리움은 내 가슴속 영원히 마르지 않는 깊고 푸른 바다처
럼..
신비한 기억으로 영원히 남아 있으리..

이제야, 당신의 사랑을 알게 되었다

정말 미안하게도..
이제서야 비로소.. 당신의 마음을 알겠다..

그 때 네가 왜 그렇게 눈물을 흘렸는지..
사실 나는 믿지 않았었다..

너의 이유 없는 다가옴과.. 이유 없는 눈물과.. 이유 모를 쓸쓸함을
담은 그 슬픈 웃음을..
그리고 더불어 이유 없이 나에게 한없이 베풀어주는 사랑을...
더 솔직히 고백하자면 오히려 너를 위선적이다.. 라고 까지 오해 했
었다.

하지만 이제, 더 많은 세월이 지나서 나 역시 '너만큼 외롭다'는 상황
을 겪고 나서야..
너의 이유 없는 눈물을 믿게 되었다.

이래서 세상은 어려운가 보다.

꼭 그런 절실한 사랑을 해보거나 세상에 혼자가 되어 눈물을 흘려보아야만..

그 예전, 그 순간, 그 사람이 그 지독한 외로움에 갈구했던 간절한 사랑을 믿게 되다니..

그래서 나는 어쩔 수 없는 바보인가 보다.

사실 그 동안 나는 도무지 믿을 수 없었다.

사랑은 받는 것이 아니라 주는 것이라는 것을..

누군가를 사랑해 그 사람에게 모든 것을 주는 것만으로도 행복하다는 것을..

그렇지만 그 말은 틀림없는 사실이었다.

분명한 사실이었다.

아마 네가 내 곁을 떠나지 않았다면 앞으로도 계속 사랑을 믿지 않았을 수도 있었다.

정말 바보 같은 마음으로 너를 대했다는 것을 부끄럽지만 인정할 수밖에 없다.

미안하다..

머나먼 밤바다를 홀로 건너야 하는 외로운 조각배처럼 기나긴 시간을 혼자 견뎌야 했던 너..

그래서 매일 밤, 사람에 대한 그리움으로 하염없이 편지를 썼던 너..

그러나 그 편지는 늘 받아줄 사람이 없어 오직 자신에게로만 썼던 너..

그런 지독한 외로움에 세상 단 한명이라도 자신의 마음을 나눌 수 있는 사람이기를 간절히 갈망 했던 너..

그렇기에 그 사랑에 모든 것을 고백할만큼 진실 했고..

그 사랑에 모든 것을 의지할만큼 간절 했지만...

네가 사랑한 그 사람은 그 마음을 온전히 이해해주지 못했었지..

아마도 '이유를 알 수 없는 진실된 사랑'이란 모순된 말처럼..

자기가 직접 겪어보지 않고는 이해하기 어려운 진심으로 네가 다가 왔기에 더더욱 그럴 수 있었으리..

그래서 미안하다..

너를 그렇게 외롭게 했음을.. 너를 그렇게 아프게 했음을..

그토록 외로웠던 너의 그리움을 어설픈 감성주의자의 충동적 눈물로만 생각했음을...

그토록 간절했던 너의 사랑을 어설픈 감성주의자의 깊지 않은 감정으로만 생각했음을...

그리고 세월이 지나서 비로서 너의 진심을.. 너의 진실을 알았기에..

그 때의 너에게 최소한 네가 나에게 보여준 그 '외로운 사랑'의 10분의 1, 아니 100분의 1이라도 돌려주고 싶다.

아니 그렇게 해야만 한다.

그러나 지금 너는 내 곁에 없다.

너는 없다.

너를 믿지 않았던 내 탓이다.

하지만 네가 가르쳐준 사랑과 진실과 사랑의 소중함만은 이제 내게 남아 있다.

이래서 내가 널 끝까지 잊지 못할 것 같다.

더불어 너의 이유 없는 눈물도... 이유 모를 사랑도...

이렇게 너와 함께 들었던 노래가 내 곁에 있는 순간엔 더더욱 그렇다...

그냥 '안개' 때문이라고만...

지독한 안개였다.

아침부터 여린 비에 젖은 작은 도시는 결국 안개의 숲이 되고 말았다.

대부분의 사람들은 안개에 갇혀 밖으로 나오질 않았다.

밖으로 나와 헤메던 몇몇의 사람들도 서둘러 안개의 숲을 헤쳐 집으로 돌아가고 싶어 했다.

하지만 그런 사람들 대부분은 이 도시가 간직한 신비한 비밀을 정말 몰랐다.

아기들을 키우는 젊은 엄마들은 어린 아이 걱정에 속앓이를 할 수도 있지만...

시린 무릎을 가진 사람들은 아픈 다리를 쓰다듬으며 밤을 앓을 수도 있지만...

그래도 이 도시이기에 볼 수 있는 겨울 안개의 표류를 알지 못했다.

그토록 내 젊음의 설움이 많았던 이 도시건만..

속 좁은 내가 끝내 이 도시를 떠나지 못하는 이유 중 하나도..

이 신비의 안개 때문인지도 모르겠다.

여린 이슬비가 내리는 밤..
이슬비를 머금고 그득하게 떠다니는 은빛 안개..
이 도시의 한가운데 있는 겨울 공원과 이 도시를 지나는 겨울 강조
차도 안개 속에 잠겨..
또 다른 풍경으로 누군가를 애처롭게 기다리게 만드는 신비의 안
개..

비가 오는 새벽공원 가로등에 흩뿌리는 분홍 불빛들의 파스텔톤 색
의 마술을..
안개에 잠긴 깊은 강의 엄숙한 침묵의 신비를..
난 아직 그 어디서도 본적이 없다.

그런 안개에 묻혀 안개와 함께 흐를 때 나는 아직 살아 있다는 것
을..
그래도 가슴으로 살고 있다는 것을 느끼곤 했다.
정말 나는 이 도시의 안개에 중독되어 있는지도 몰랐다.

안개에 묻힌 이 밤 나는 다시 기억한다.
나는 내 친구와 무슨 약속을 했던가, 수줍은 그녀와 어떤 대화를 했
던가,
그리고 또 그 누구와 안개 흐린 새벽까지 몇 병의 소주를 마셨던

가....

우리는 그 안개 속에서 또 무슨 아쉬움을 남겼던가...

이제 천천히 그 아쉬움에 안개와 보낸 기억의 숫자들을 하나씩 불러
본다.

열일곱.... 열여덟.... 열아홉....스무울........스물하나.......

어느덧 그 안개의 그 기억들은 이제 끝나 버리고 그 마지막.

그 마지막에 아직도 내 귓가에 묻어 있는 떨리는 그녀의 목소리.

'안개가 너무 멋지다'......

그녀는 신선하게 피어오르는 안개의 강가에 차를 세우고 나에게 전
화를 했었지.

우린 무언가를 서로에게 갈구하다 조금은 예민해져 있었고,

나는 그 어떤 이유 때문인지 냉정하게 전화를 받았었지..

그녀는 단지 안개를 바라보고 있었고, 내 그런 냉정함에 조금씩 힘
들어 하고 있었지.

나 역시 그녀가 말하는 안개 강을 함께 보지 않고도 충분히 느낄 수
있었고,

내 가슴에 그려 낼 수 있었지..

하지만 끝내 말하지 않았지.

사실은 이렇게 아파하는 내가 싫다고...

그래도 네가 보고 싶다고... 단지 그뿐이라고....

나도 너만큼 안개를 좋아한다고...너와 함께 그 안개를 느끼고 싶다고........

끝끝내 이런 말들은 하지 못하고..

그냥 안개 때문이라고만...

겨울 안개 때문이라고만..

말하는 너에게 아무런 말도 하지 않았지..

하지만 나도 알고 있었지...

네가 왜 전화를 했는지....무슨 말을 듣고 싶었는지.....

네 목소리가 왜 점점 흐려졌는지를......

끝내 힘없이 전화기를 접었을 너의 그 애잔한 얼굴을....

그래. 나는 더 이상 너에게 아무런 의미가 될 수 없는 사람일지도 몰라.

나를 사랑 할 수 있는 사람은 더 이상 아무도 없을 거야..

이제 더 이상 너를 찾지 못하겠지....

이렇게 큰 외로움을 가르쳐 준 네가 밉다..

미워진다....

또다시 안개..

안개에 대한 기억들을 하나씩 떠올리는 은밀한 안개의 밤이 또다시 찾아오면..

　이 도시의 안개가 왜 그리운지, 그리웠는지를..

　이 도시의 안개가 왜 좋은지, 좋았는지를..

　그렇게, 그렇게 알게 될 거다....

　모두 모두 하나씩 알게 될 거다....

　그 때가 되면 '그냥 안개 때문이라고만..' 말했던 너의 마지막 인사까
지도

　끝내 내 곁을 떠나지 않는 기억으로 남는다는 것을 알게 될 거다.

　그렇게 '안개'에 잠겨버린.. 내 청춘이여...

　그렇게 '안개'에 사라져버린... 내 젊음이여... 내 사랑이여...

당신의 보라색이
여전히 쓸쓸할 수밖에 없는 이유..

깊은 '안개' 속에.. 당신은 '바람'처럼 그렇게 쓸쓸히 내 곁을 떠났다..

하지만 당신을 원망하지는 않는다..

원망할 수도 없다.. 모두 내 탓이니까..

그 '안개' 때문에... 아무 말 하지 않은 내 탓..

그 '바람' 때문에... 차마 뒤돌아서지 않은 내 탓..

그렇게 당신과의 아픈 이별 후에 결코 잠들 수 없었지만..

끝내 억지로라도 눈 감아 버리려 애쓰던 바보 같은 나였기에..

결국 모두 내 탓인 것은 맞다.

겨울 가로등 아래서..

보라색 목도리를 얼굴까지 두르고 뒤돌아섰던 당신..

우연이라도 마주치면 반갑게 내게 달려와 나를 다시 안아 줄 거라 믿었기에..

몇날 며칠 밤을 하염없이 보라색 목도리를 기다렸었지...

하지만 그 착한 당신조차도...

끝내 붙잡지 못한 나를.. 끝내 붙잡지 않는 나로.. 오해하며..

결국은 뒤돌아섰기 때문인지.. 다시 그 보라색 당신을 만날 수는 없었지..

맞아, 긴긴 기다림 끝에...

차마 떨어지지 않는 발걸음으로 억지로 집으로 되돌아 올 때마다..

뽀드득 소리가 나도록 눈이 왔어... 하필 그 밤에..

그렇게 뽀드득 소리가 나도록 흰눈을 밟으며..

우리의 추억을 지워나갔어.. 어쩌면 그렇게 지우며 되새긴 건지도 모르지...

그리고 그 함박눈이 오는 내내 몇 번이고 뒤돌아보며...

혹시라도 내 뒤를 따라올지 모르는 당신을 기다렸어...

철없는 그 마음으로는...

이 눈이 내릴 때까지...

나에게 다시 연락을 주면 떠나갔던 당신을 이해해 준다..

이 눈이 멈추지 않을 때까지만...

나를 다시 찾아오면 떠나갔던 당신을 이해해 준다..

하지만 나는 끝내.. 당신을 이해하지도.. 이해해 줄 수도 없었어...

끝내 당신은 다시 돌아오지 않았으니까..

그렇게.. 당신은 나를 떠나갔어..
긴긴 후회의 시간이라고 말하지는 않겠어..
그런 말을 하지 않아도 이미 당신도 알고 있잖아..
내가 얼마나 당신을 사랑 했는지...

하지만 당신이 놀랄만한 일은 있어..
그래도 나는 다행이라고 생각 했어..
정말 놀랍지.. 다행이라니..

그래, 다행이다.
난 이미 당신의 사진을 갖고 있잖아...

　이미 헤어진 당신에게 아침부터 전화기를 눌러본다.
　당연히 내가 전화를 했기 때문인지 저절로 꺼져 버린다.
　나를 피해 버릴 거라고 이미 예감했었던 그 두려움이 역시나 맞
다.....

　다시금 책갈피를 열어본다.
　책갈피 사이의 사진 속에서 당신은 여전히 보라색으로 웃고 있다.
　정말 다행이다.
　난 이미 보라빛 당신 사진을 갖고 있잖아..

　이런 것을 보면 당신의 예감이 나보다 더 예민했던 것이 역시 맞다.

이런 일을 예상해 미리 당신 사진을 나에게 주었잖아...

고.마.워

세글자를 가만히 입 밖으로 내어본다.

더 이상 당신을 만날 수 없지만 그래도 괜찮다고 스스로를 위로
한다.

괜찮아..

당신이 어차피 더 이상 전화를 받아주지 않으니..

이제 내 마음대로 아무 때나 당신에게 전화를 걸어 볼 수 있잖아.

더 이상 가슴 졸이며 전화번호를 누르지 않아도 되잖아.

이제 내가 전화하고 싶으면 얼마든지 전화를 해도 되잖아..

어차피 받지 않으니까.. 받아주지 않으니까..

그런데 왜 이리도 마음이 아프지....

왜 이렇게 마음이 슬프지....

나도 당신만큼 아팠잖아... 나도 당신만큼 벌 받았잖아... 나도 당신
만큼 기다렸잖아....

이제 제발 나를 용서해주면 안되겠니.....

이런 한탄조차도.. 이런 원망조차도... 이런 바램과 기대조차도...

더 이상 나를 위로하진 못했다.

다섯 번째 이야기 : 아직 당신을 기다립니다

이로써 나를 사랑하는 사람은 아무도 없다.

없다...

이렇게 큰 외로움을 가르쳐준 네가 밉다.

미워진다...

당신과 함께 듣던 그 지독한 '조지윈스턴'의 겨울은 아직도 내 귓전
에 쟁쟁한데.......

나는 이제 더 이상 세상의 그 어떤 보라색도 잊지 못할 것이다...

당신은 보라색이었으니까...

보라색은 당신이었으니까...

하지만 당신의 보라색 웃음을 다시 볼 수 없기에...

이제 세상의 그 어떤 보라색도 웃지 못한다..

이제 세상의 그 어떤 보라색도 단지 쓸쓸함으로 떠오를 뿐이다..

세상의 그 어떤 보라색일지라도.....

나를 잠들게 했던 당신..
그래서 잠 못 들게 하는 당신

더 보고 싶은 사람이 먼저 그리워하고.. 더 보고 싶은 사람이 먼저
연락을 하지..

더 외로운 사람이 먼저 그리워하고.. 더 외로운 사람이 먼저 편지를
쓰지..

그러나 그 맘 알아주는 그대 내 곁에 없기에.. 보고픔도 외로움도 그
대로..

하지만 괜찮아.. 그리워 할 수 있는 사람을 만났다는 것만으로도..

당신은 참 좋은 사람.. 정말 따뜻한 사람.. 이었다는 것만으로도..

그래도 괜찮아.. 그대 나를 떠나도.. 우리 헤어졌어도..

그것만으로도 고맙다.. 그렇게 믿으며.. 그리움을 위로하고.. 외로
움을 견디면 된다..

이것도 사랑이다.. 이것도 사는 거다.. 그렇게 오늘도 이 밤을 견디
면 된다..

그 예전 그대가 나에게 말했었지...

"지금 당장 헤어진다 해도 당신에게 평생 고마워할 것이 세 가지 있

어.. 그건 아마 평생 잊지 못할 추억으로 남을 거야.

첫 번째는.. 항상 조심스럽기만 하던 당신이 밤거리를 걷다가 느닷없이 남들 보는데도 불구하고 정말 영화처럼 느닷없이 입맞춤해준 것.. 두 번 다시 경험할 수 없을 것 같은 그런 일을 경험하게 해준 거야..

두 번째는.. 언제나 만나면 반갑게 등을 두드려주고.. 헤어질 때면 또 마찬가지로 그 어떤 상황이든지 작별에 입맞춤을 하며 등을 두드려주는 거야.. 그것이 그렇게 따스하고 포근할 수가 없었어..

세 번째는.. 헤어질 때마다 입버릇처럼 5분만 더.. 5분만 더 있다가 헤어지자며.. 그렇게 30분.. 한 시간을 미련을 갖고 망설이다가 결국 한참이나 더 늦게 헤어지는 그런 미련이 였어.. 그럴 때 마다 난 당신이 정말 날 사랑하는구나.. 정말 나와 헤어지기 싫구나.. 정말 함께 있고 싶어 하는구나 하는 그런 진심이 느껴졌어.."

당신이 그런 말을 했을 때 나는 오히려 엉뚱한 대답을 했었지..
"난 너에게 그랬던 적이 없었던 것 같은데,, 네가 술 취해서 착각하는 것 같은데.. 미안해.. 그래도 기분은 좋다. 네가 나를 그런 사람으로 생각해줘서. 최소한 네 마음속에 내가 그렇게 소중한 사람이라는 거잖아..."

그러나 사실은 그 대답은 내가 정말 너에게 미안해서 했던 말이야..

겨우 그 정도로도 고마운 마음을 가져주는 너에게.. 그 정도 밖에 못해준 내가 부끄러워서... 겨우 그 정도 밖에 해줄 수 없는 나를 사랑해준 너에게 너무 고마워서.. 오히려 그렇게 엉뚱한 발뺌을 했던 거야..

하지만 정말 고맙다. 그렇게 소중한 기억으로 생각해 줘서..
사실 당신이 원했던 것은 대부분 단순한 거였어.. 좋은 것, 맛난 것 사달라는 것이 아니라 모두 아주 평범한 것이었어..
'너무 보고 싶어..', '오늘 더 예뻐 보인다..', '난 너 뿐이야.. 언제나..', '조금만 더 있다가..', '손 잡고 가..'
이런 평범한 것들뿐이었지만...

그런 평범한 것들조차 모두.. 더 많이.. 마음껏.. 해주지 못한 내 자신이 부끄러워서 그랬던 거야..

언젠가 술 취한 다음날 당신에게 이런 문자 한통을 보냈었지...
"오직 하나뿐인 그대.. 정말 많은 술을 마시고.. 아득한 순간이 되었을 때.. 갑자기 생각나는 노래..
오직 하나뿐인 그대.. 비록 못난 나지만 그래도 당신 얼굴이 떠오르며 생각나는 노래.. 오직 하나뿐인 그대..
그래.. 사랑한다.. 늘 언제나.. 사랑한다.."

그렇게 문자 한통만으로도 그리 좋아 했던 당신이지만.. 그것조차 못했던 나..

그런데 어이없는 변명이지만...

그런 내 마음은 너무도 아름다운 너를 보면 내 자신이 싫어졌었기 때문일 수도 있어..

무능한 내가, 이것뿐인 내가, 그렇게 아름다운 널 좋아하는 내가 싫어졌기 때문에...

그래, 맞아. 넌 나에게 너무도 멋진 여자, 과분한 여자였어..

그래서 못난 내 자신이 너를 볼 때마다 느껴지는 초라함과 열등감 때문에..

난 네가 원한 그 평범한 것들조차도 차마 다해주지 못한 것 같아..

하지만 정말 이상했어... 당신만 보면 그렇게 잠이 왔어.. 늘.. 그렇게..

손을 잡고 있어도.. 함께 영화를 봐도.. 밥을 먹고 나서도.. 길을 걸어도...

그렇게 포근 했나봐... 아주 어릴 적 느꼈던 그런 기분이었어..

그건 정말 당신이기 때문에 가능 했던 일일 거야..

하지만 나를 잠들게 했던 당신은.. 지금 내 곁에 없어..

그래서 오늘도 나를 잠 못 들게 하는 당신이 그리워 편지를 써..

++++++

나는 당신의 그물에 걸려 새장에 갇혀버린 불쌍한 작은 새..

나만 잡아 가두고 당신은 어디로 떠났는지.. 이렇게 잠들지 못하게 하는 당신..

당신은 내가 그립지 않아도 나는 당신이 그리워 편지를 씁니다..

잠 못 드는 밤마다.. 당신이 보고 싶어 편지를 씁니다..

이렇게 말하면 당신이 서운해 할 것 같지만 그래도 말 할께요..

그래도 내가 당신을 더 많이 사랑 했어요..

당신은 믿지 않겠지만.. 자신 있게 말 할 수 있어요..

그래도 내가 당신을 더 많이 사랑 했어요..

저도 알아요.. 누가 더 사랑 했는지는 이제와서 굳이 필요 없겠지만..

하지만 꼭 말해주고 싶었어요..

그래도 내가 당신을 더 많이 사랑 했어요..

그래서 나는 매일 매일 당신에게로 갑니다..

강은 바다가 그리워 그곳으로 가고..

나는 그대가 그리워 그대에게로 갑니다..

안개섬 아름다운 아침에도.. 햇빛 눈부신 한낮에도.. 별 빛 아롱대는 달밤에도..

강은 바다에게로 가고 있듯이..

바람 불고 비가 우는 날이라도.. 햇빛 좋은 날이든 달 빛 고운 날이라도..

나 역시 매일 하루도 쉬지 않고 그대에게로 갑니다.

나를 잠들게 했던 당신.. 그래서 잠 못들게 하는 당신에게로...

나를 잠들게 했던 그대.. 그래서 잠 못들게 하는 그대에게로...

이 밤도 그렇게 그대에게로 갑니다.

한번만 더 나를 안고 함께 울어 줘...

메마른 가지가 비에 젖어 있으면 더더욱 애처로워 보이고.. 눈에 덮여 있으면 애처로움을 넘어 아름답기까지 하다.

거기에 더해 그 나뭇가지에 혼자앉아 울고 있는 새 한마리는 시린 쓸쓸함까지 더해 보는 가슴을 아리게 한다.

그러나 설령 그런 눈비에 젖은 마른 가지일지라도..

앉아 있는 그 새가 함께 앉아 있는 작은새 한쌍이라면 오히려 정겹게만 느껴진다.

같은 풍경을 보면서도 이렇게 완전히 다르게 느껴지는건 그 마음이 감성적이기 때문이기보다는..

혼자이기 때문이다..

더더군다나 둘이였다가 혼자였기에 더더욱 그런 거다..

홀로 앉은 그 새를 보면 묻는 거다.. 너는 어디 있냐고.. 어디로 날아 갔냐고..

그렇다. 당신이 떠났다고 떠난 것이 아니고.. 헤어졌다고 헤어진 것이 아니었다..

　당신은 늘 내 곁에 나와 함께 있었다..

　사실 당신과 함께한 지난 시간을 돌아보면 늘 이런 식이 었다.

　우리는 긴긴 시간 내내 제자리를 맴돈 것 뿐이었다.

　이번엔 다를 거라며 그렇게 온몸으로 발을 구르고 서로를 부둥켜 안고 울었었지만 또 그렇게 제자리였다.

　애당초 외로움에 길들여져 기형적으로 자라난 나의 가슴은 그 누구도 따뜻하게 안아줄 수가 없었나 보다.

　이번에도 그랬다.

　그녀와 내가 만난 건 우연도 운명도 아닌 단지 삶의 목마름이었다.

　우리는 참으로 오랜 시간 쉬지 않고 뛰어왔고 목이 말라 있었다.

　설레는 가슴과 뜨거운 열정으로 시작된 젊음은..

　모든 열정이 온몸으로 배출되어 심한 갈증에 지쳐 쓰러질 상황이 될 즈음,

　이미 우리는 그렇게 젊고 순수했던 스물둘의 그때가 아니라는 걸 알게 되었다.

　그렇게 우리는 우리의 그 푸르른 젊음을 그렇게 흘려보내고 있을 때였다.

나는 어디 있는가, 나는 무엇을 하는 것인가를 묻기보다는 새롭게
시작된 사회생활에서..

오직 그래도 살아남아야한다는 생각 하나 밖에 없었다.

그 과정에서 내 자신을 차츰 잃어버리고 있었고... 소중한 꿈들을 점
점 잊어 가고 있었다.

그렇게 나는 크고 작은 상처들을 안고, 나를 잊으며.. 차츰 무거운
표정의 어른이 되어 가고 있었다.

하지만 그런 삶이 길어질수록 무언가 이건 아니라는 생각이 들었다.

그리고 나만의 방식으로 다시금 내 삶을 찾을 거라며 막연히 새로운
내 삶을 찾아 헤매기 시작했다.

다시 시작하는 기분으로 나를 찾아 나서기 시작했다.

나는 많은 것을 바라지는 않았었다. 단지 살아있음을 느끼고 싶었을
뿐이었다.

그리고 우리는 만났다.

똑같은 이유와 똑같은 모습으로 지친 목마름에 울고 있는 새 한마리
를.......

혼자앉아 울고 있는 새 한마리는 너무도 시리고 쓸쓸하기에...

함께 앉은 작은 새 한쌍이 되어.. 그래도 서로가 위로받을 수 있는
그런 사이가 된 것이다.

우린 그렇게 함께 앉았다.

정겨운 모습으로...

그 때부터 우리에게..

일상의 평범한 모든 것들은 언제부턴가 자연스럽게 특별한 무언가로 바뀌기 시작했다.

세상의 모든 무의미는 의미를 찾기 시작했다.

건조한 일상의 느낌들은 터져버릴듯한 벅찬 느낌의 연속들로 변해가기 시작했다.

그 흔한 커피 한잔을 마셔도.. 그 흔한 노래 한곡을 들어도.. 그 흔한 길을 걸어도..

세상은 새롭게 변하기 시작 했다.

그렇게 낮과 밤들은 지나고 있었고.. 새로운 계절들을 빚어내고 있었다.

이 도시의 햇살은 세상에서 가장 위대한 햇빛이 되었고..

이 도시의 물안개는 세상의 그 어떤 밤 보다 황홀하면서도 차분하게 세상과 우리를 안아 주었다.

그리고 그것들은 금새 또 하나의 행복한 환희의 기억들로 변해 이 도시 곳곳을 신비의 도시로 변신 시키고 있었다.

하지만 그런 위대한 계절과.. 신비한 낮과 밤을 보내면서도...

끝내 나는 내가 잊지 못한 한 가지가 있었다..

그리고 그 사실 역시 차마 그 사람에게 말하지 못했다...

아직 내 속의 고독은 완전히 길들여지지 않고 있었다.

그 길들여지지 않는 고독은 모두 사라진듯 했다가도..

문득문득 내 마음에 안개처럼 스며들며 나를 혼란스럽게 만들고 있었다.

그런 고독들은 때론 열등감으로 변질되어 나타나기도 했으며..

그것들은 지독한 밤안개처럼 내 마음을 우울함으로 잠겨들게 했다.

그랬다.

이게 그렇게 갈구했던 내 미완의 끝이었고 우리 갈등의 시작이었다.

쉴 곳을 찾아 헤매던 지친 그 사람에게 나는 휴식이 되어주기 보다는 내 고독을 벗어나지 못하고..

결국 또 하나의 상처로 눈물짓게 만들었다.

그녀도 더 이상 이런 내 고독을 용서하지 못했다.

그래서 나 역시 그녀를 원망조차 할 수도 없었다.

또 다시 나 혼자 나를 바라본다.

아! 아직도 나는 모든 것을 사랑 할 수 없구나...

내가 누군가를 사랑하고 사랑받기에는 아직도 어리기만 하구나...

이제 그녀에게 더 이상 사랑 받지 못하는 사람이란 슬픔만이 내게 남겨지게 되었지만..

그래도 돌아보면 행복했던 그 순간의 기억과 미련들..

그렇게 내 가슴에 흐르는 눈물들을 나는 기억한다.

그래도 울지 마라. 내 위대한 추억들아..

짧았지만 그 푸르고 청명했던 열정의 날들아..

내 귓가에 맴돌며 떠돌던 가슴뭉클한 당신의 노래들아, 웃음들아..

맥주잔을 함께 들며 희망과 꿈을 외쳤던 그날 그 자리의 뜨거웠던 입술들아..

아무것도 생각지 않고 오직 우리의 시간만을 위해 달렸던 그 정열의 날들아..

그 어떤 계절도, 그 어떤 기억도 비교되지 못할 우리 추억의 날들아..

우리 어깨 기대고 별빛을 지키며 하얗게 지샌 밤들아..

망설임 없이 선택했던 당신의 부드러운 머리칼들아..

매일매일 계속되던 그 간절한 보랏빛 그리움의 순간들아..

더 이상 내 것이 아닌 아름다웠던 사랑의 열망들아..

이젠 내 곁에 없는 당신의 풀빛 내음들아..

우리 위대한 기억들아..

그래도 울지 마라..

울지마라..

울지마라..

이제 내 기억과 추억들은 단지 과거일 뿐 더 이상 미래가 아니라는
것..
이것이 더 이상 사랑하지 못할 자의 슬픔이라면..
이제 난 또다시 새로운 길을 찾아 나서야 한다.

함께했던 당신 없이 홀로 걸어가야 한다는 그 두려움과 쓸쓸함..
이제 그 견딜 수 없는 두려움에 편지를 쓴다.

꼭 하고 싶은 말은 있는데....
우리 아직은 더 행복한 일을 해보자고, 만들어 보자고 말하고 싶었
는데...
난 아직 나 혼자 우리 함께 걸은 그 길을 걸을 자신이 없는데...
아직은 더 함께 걸어가야 할 길이 남아 있는데...
당신은 나에게 새로운 세상에 눈 뜨게 해 주었는데...
처음 느꼈던 그때의 설레임을 아직도 기억 하는데...

하지만 더 이상, 더 길게는 말하지 못하겠다..
더 이상 사랑할 수 없는 자의 슬픔이 이런 건가 보다..
말하고 싶어도 이미 우린 다른 자리에, 다른 마음으로 남아 있기
에...
내가 네가 아니기에.. 더 이상 우리가 아니기에...

울먹이며 속울음으로 삼키며 마지막으로 적는다.

그래도 제발... 혼자 울고 있는 새 한 마리...
제발...
제발...
제발...
나를 안고 한번만 더 함께 울어 줘....
한번만 더.... 한번만.... 더...... .

*덧붙힘 : 이 글의 중간 아래 "그래도 울지 마라... ~~~~~ 울지 마라." 이 문단 부분은 '기형도'의 시인의 '빈집'에 나오는 "사랑을 잃고 나는 쓰네 잘 있거라, 짧았던 밤들아 창밖을 떠돌던 겨울안개들아" 이 부분을 모티브로 / 활용해서 재창작(마땅한 표현이 생각 안나서...) 했음을 밝힙니다.

사랑하는 사람에게,
당신에 대한 나의 사랑은 옳았습니다

사랑도 변할 수 있는 것이라고 말하지만 나의 사랑은 변하지 않습니다.
사람들은 사랑의 감정에 빠져 있지만, 나는 사랑의 이성으로 굳건해졌기에
세상의 사랑은 변할지라도 나의 사랑은 늘 그대로 입니다.

누군가는 사랑을 잊을 수 있을 지라도 나는 우리 사랑을 잊어버리지 않습니다.
당신이 할머니가 되었을 때도 사랑해 줄 수 있냐고 물었었고,
그렇게 사랑 받을 수 밖에 없는 당신이었기에,
너무도 당연한 물음이었기에,
나는 아무런 대답도 하지 않았습니다.

이제 그렇게 오래도록 사랑해달라고 말하던 당신은 잠시 나를 떠나고
나 혼자만 남겨졌습니다.
하지만 나는 혼자가 아닙니다.
당신과의 추억과 함께 남겨져있습니다.
보고 싶지만 볼 수 없고 그립지만 말할 수 없는 외로운 사랑이 나에

게 남겨졌습니다.

그래도 고맙습니다.
평생 잊을 수 없는 사랑을 남겨줘서..
이렇게 아름다운 문신처럼 고귀한 사랑을 간직할 수 있도록 해줘서
정말 고맙습니다.

이미 십 년이 지나버린 당신의 편지를 지금 다시 읽습니다.
그리고 그 예전 그때처럼 당신을 느낍니다.
역시 당신은 사랑 받을 수 밖에 없습니다.
이래서 당신을 사랑할 수 밖에 없습니다.

맞습니다.
당신에 대한 나의 사랑은 옳았습니다.
분명 옳았던 것입니다.

그렇습니다.
영원히 기억할 것 입니다.
그리고 영원히 기록할 것 입니다.
당신이 좋아했던 그 고운 맘처럼, 당신이 사랑했던 그 고운 글처럼..
우리 사랑이 영원히 남겨지도록 당신을 사랑할 것 입니다.

여전히 당신을 그리워하는 사람이, 여전히 당신의 사랑을 기억하는

사람이,
  언제나 당신을 사랑할 것입니다.

  언제나 당신을 사랑 합니다.

쓴다는 것, 산다는 것, 사랑한다는 것...

1. 쓴다는 것.. "목어木魚의 울림처럼 그렇게 쓴다."

쓴다.. 이 짧은 두 글자.

그러나 이 짧은 두 글자가 저에게는 한 없이 긴긴 외로움이고, 아픔이고, 고독이고, 그리움이었습니다.

쓴다는 것은 외로움과 고독과 그리움을 받아들인다는 것이고, 그렇게 받아들인다는 것만으로도 삶은 아픔이기도 합니다. 세상으로부터의 외면을 받아들이고.. 홀로 불 밝히고 써야하는 깨어있는 자의 외로움..

그래서 정말 쓴다는 것은 지독히 아픈 일입니다.. 최소한 저에게는 그렇습니다. 그래도 씁니다. 아픔을 아픔으로 풀기 위해 씁니다. 또 그렇게 '아프게 쓰기'에 더더욱 아픕니다.

그래도 '쓴다'는 아픔을 끝내 버리지 못하는 것은.. 그 '쓴다'라는 '운명'은 어느새 '써야한다'는 '숙명'이 되었기에.. 오늘도 씁니다.

고등학교 시절 처음 소설을 쓰기 시작해 30년이 다 된 지금까지도 글을 쓰고 있습니다. 하지만 여전히 무명이고 '작가'로 인정받기는 고사하고 그 이름마저도 얻지 못했습니다.

빠른 사람은 이십대에 하는 중앙 등단은 물론이고 지역에서 조차도 인정받지 못한 사람. 게다가 국문학을 전공하거나 문예창작과를 전공한 적도 없는 공학도 출신. 그래서 문학으로 인정받을 가능성은 0%인 사람.

이제 이십년 넘는 사회생활로 문학과는 점점 멀어져가는 사람. 하지만 늘 작가가 되고 싶었고 작가이길 원하는 사람. 그래서 늘 혼자만의 글을 쓰면서도 끝내 글쓰기를 포기하지 않은 사람. 그러면서도 남들에게는 여러 직업을 뒤로하고 '작가'라고 스스로를 소개하는 사람. 말 그대로 '작가 아닌 작가'. 그것이 바로 '저'입니다.

그래서 작가의 길을 걷고 싶지만 재능 부족과 경제적 어려움, 무명의 쓸쓸함을 참으며 계속 '작가 아닌 작가'의 길을 걸어야 하는 건지에 대한 고민을 이미 오랫동안 하였습니다.

그 고민의 해답이 무언지를 쉽게 말할 수는 없지만 결국 저는 이렇게 '작가 아닌 작가'로도 살아가고 있습니다. 이미 글쓰기를 삼십년간 했지만 '작가'라는 이름도 제대로 얻지 못한 제가 아직 포기하지 않고 여전히 글쓰기를 하고 있습니다.

덧붙이는 글 : 쓴다는 것, 산다는 것, 사랑한다는 것...

그렇다고 사회적으로 큰 성공을 이룬 것도 아니고 돈을 많이 벌은 것도, 권세를 얻은 것도 아닌 초라하게 나이 들어가는 중년의 작가 지망인. 아니, 아직 '작가'로 인정받지 못해도 '작가'로 불려지고 '작가'로 기억되길 바라는 사람.

어쨌든 저는 지금도 쓰고 있습니다. 작가로 인정받지 않아도 쓰고, 무명이지만 쓰고, 비아냥대는 소리를 들어도 씁니다. 서럽고 배고프고 외롭고 쓸쓸하지만 씁니다. 새벽 목어木魚의 울림처럼 청아한 목소리로 영혼을 어루만져주는 그런 마음으로 여전히 이렇게 오늘도 씁니다.

'애초에 내가 왜 글쓰기를 하려 했던가. 단지 감동을 주려고 했던 거다. 목어木魚의 울림처럼 영혼을 두드리는 글을 쓰려고 했던 거다. 지금도 여전히 그런 마음으로 글을 쓴다면 그것으로 된 거다.'

'형식이 무엇이 그리 중요한가. 시가 되건 소설이 되건 수필이 되건 잡문이 되건 그 형태가 무엇이 그리 중요한가. 단지 감동이 되고, 위로가 되고, 용기가 되어줄 수 있는 글이 된다면 그것으로 된 거다. 그런 글쓰기를 하면 될 뿐이다.'

'삼십년 전, 내가 첫 글쓰기를 할 때에도 내가 하고 싶었던 것이 그런 것이었으니까. 그래서 난 오늘도 쓴다. 무명이라도 좋다. 반드시 유명하다고 좋은 것은 아니고 알려지지 않았다고 부족한 것은 아니다. 게다가 내 글을 읽어주는 사람들도 있다. 그래서 난 계속 쓸 수 있다. 써

야 한다.'

때로는 비아냥대는 말도 듣습니다. "작가도 아닌 사람이 작가 소리는 들으려 한다. 그래, 억지로 작가라 불러준다 치고 그까짓 돈도 못 버는 작가가 무슨 소용인가. 그딴 쓸데없는 짓이나 하는 한심한 놈. 만 권에 책을 읽고 수백 편의 글을 쓴들 돈벌이가 안 되는 일은 아무 필요 없다"고 말하는 사람들.

때로는 이런 놀림과 무시와 비아냥이 마음을 아프게도 하지만 저는 괜찮습니다. 비록 삼십년간 무명의 글쓰기를 했지만 그 긴 세월동안 나에게 몰아친 그 지독한 시련과 아픔을 견디게 해준 것 역시도 글쓰기였으니까...

'삼십년간 작가의 꿈을 지키며 살았지만 작가로 인정받지도 못했다. 그렇다고 부귀를 얻지도 못했고 사회적으로 성공을 이루지도 못했다.'

'하지만 그래도 나는 나의 길을 간다. 가난한 무명작가라 외면해도 어쩔 수 없다. 남들 기준이 아니라 나의 기준과 나의 꿈을 지키며 내 인생 살기로 했기에 그냥 내 길을 갈 뿐이다. 단지 그 뿐이다.'

비록 세상이 나를 인정해주지 않았지만 최소한 글쓰기는 나에게 내 삶을 더 행복하게 해주는 위로였고, 용기였고 내가 이렇게 희망의 삶을 살아가는 이유가 되어 주었습니다. 거친 바다를 헤쳐 가는 범선의

덧붙이는 글 : 쓴다는 것, 산다는 것, 사랑한다는 것...

나침반처럼 폭풍 속에 휩쓸리지 않게 나를 견디게 해준 중심이 되어 주었습니다.

'그러니 등단을 하지 못하면 어떻고, 문학상을 타지 못한들 어떤가. 성공도 하지 못하고 부귀를 얻지 못한들 어떤가. 저 산의 약초처럼 가난과 무명과 삶의 고난을 내성으로 견뎌내고, 그 내성을 글쓰기로 나만의 효능으로 녹아내면 된다. 그렇게 만들어 낸 약효로 그 누군가에게 감동이 되고 위로가 되면 되는 거다.'

3년간 방황하던 청년이 제 글을 읽고 힘을 내고 용기를 얻었다고 나에게 말해서만은 아닙니다. 살아가는데 삼십년을 지켜 갈만한 가치가 있다면, 그것으로 나머지 삶을 살아가야할만한 가치가 있다면 그건 참 괜찮은 일입니다.

그렇게 글쓰기로 저는 나 자신을 지키고 세상을 견뎌 갑니다. 내 꿈을 지켜가고 나 자신을 이루어 갑니다. 아직도 나는 그렇게 내 인생을 걸만한 그 이상의 가치를 알지 못합니다. 그래서 저는 아직도 씁니다. 이것이 내 삶의 가치이고 의미 입니다. 그래서 그런 일을 왜 하느냐고 물을 수도 있지만 저는 씁니다.

저는 오늘도 살아갑니다. 그리고 오늘도 씁니다.
"나는 자유인이다. 그리고 나는 작가다. 그래서 나는 쓴다. 오늘도 쓰고 내일도 쓴다. 문학가가 아닌 작가로, 형식이 아닌 감동을 위해 쓴다. 마음을 일깨우는 목어木魚의 울림처럼 그렇게 쓴다."

* "목어 木魚" - 나무를 깎아 물고기 모양으로 만들고 속을 비게 해 두드리면
소리가 나는 '법구'.

형태의 유래에 대해서는 "물고기는 항상 눈을 뜨고 있으므로 수행
자가 졸지 말고 도를 닦으라는 뜻에서 물고기 모양으로 만들었다고 한
다."

또한, "그 맑은 영혼을 울리는 소리로 힘들고 지치고 상처 받은 영혼
을 구원한다는 의미"도 있다고 합니다.

2. 산다는 것.. "살아감이 좋은 이유들"

그 예전 어른들은 저에게 말했습니다.
성공해라, 그래서 남들 보다 더 잘 살아라..
그래요.. 그러면 좋겠지요..

하지만 어른이 되어보니.. 굳이 그러지 않아도 좋았습니다.
성공하지 않아도.. 그냥 평범하게 살아도 좋았습니다.
그냥 바람처럼 먼지처럼 흔적이 남지 않아도 좋았습니다.

사랑하며 산다는 것만으로도..

자유롭게 살 수 있다는 것만으로 충분히 행복한 것이었습니다.

살아감이 좋은 이유들은..
그냥 그것만으로 충분히 행복할 수 있는 것이었기 때문이었습니다.

　꽃피는 날만 좋은 줄 알았더니, 잎이 푸르른 날도 좋더라.
　산들바람만 부는 날만 좋은 줄 알았더니, 빗방울 촉촉이 흩날리는 날도 좋더라.
　햇볕 따스한 날만 좋은 줄 알았더니, 함박눈 펑펑 내리며 흰눈 쌓이는 날도 좋더라.

　그렇다. 살아가는 날은 모두 좋더라.
　사랑할 수 있어 더욱 좋더라.

　사랑하는 날은 모두 좋더라.
　사랑 줄 수 있어 더욱 좋더라.

　이렇게 나 살아가고 사랑하기에 오늘이 좋더라.
　언제나 사랑하는 당신이 있기에 오늘도 좋더라.
　그리운 당신이 있어 나는 좋더라.

　수억만년전부터 하늘이 부모이고, 구름이 누나이고, 나무가 친구인 저 땅을..

아무리 내 것이라 우겨봐야 어찌 내 것이 되겠습니까..
겨우 백년도 채 못 머물다 떠나가는 것이 인생인 것을..
어찌 다 가지고 싶어 하고, 어찌 내 것이라 우기려 하는 걸까요.

어제는 비 내렸으니 오늘은 개일 것이고, 오늘은 바람 부니 내일은
맑을 것이고..
그러면 되는 건데 왜 그리 걱정하는 걸까요.

꽃 피고 새 날고 사랑하는 내 님 함께 있는데 행복하지 않을 이유가
무엇이던지...
그래서 오늘은 오늘이어서 좋고, 내일은 내일이라서 좋은 건데..

오늘은 또 이렇게 잘 살아 있어서 좋고, 내일은 또 내일이 거기에 있
기에 좋은 건데..
이렇게 오늘도 좋고, 내일도 좋은데 우리 삶이 행복하지 않을 일이
무엇 때문일까요.

결국 바람 불고, 나비 날고, 꽃이 피고, 비가 오고, 눈이 오고, 햇볕
비추는 여기 이곳에..
나 살아있고, 나 살아가면 언제나 좋은 것입니다.

오늘도 바람은 불고 나비는 날고 꽃은 피고 있습니다.
그래서 오늘도 좋고, 내일도 좋을 것입니다.

덧붙이는 글 : 쓴다는 것, 산다는 것, 사랑한다는 것...

사랑하는 사람 함께여서 더 좋을 것입니다.

우리 살아감은 그래서 언제나 좋은 것입니다.

3. 사랑한다는 것.. "사랑, 그 이상의 진리는 없다."

나이가 들수록 내 주변의 모든 것들이..
점점 작아지고 줄어들고 짧아지고 사그라들더군요..
키가 작아지고.. 잠이 줄어들고.. 입맛이 짧아지고.. 열정이 사그라
들더군요.

거기에 더해..
꿈도 작아지고.. 진실된 만남도 줄어들고.. 기억도 짧아지고.. 욕심
도 사그라들고..

그런데도 딱하나.. 이상하게도..
사랑하는 사람, 좋은 사람의 소중함만은..
오히려 점점 더 커지고 늘어나며.. 길어지고 진해지더군요.
다시 돌아가는 인생의 뒤안길..
결국 기억에 남는 것은 날 사랑해줬던 사람과의 아름다운 추억.
사랑 했던 기억, 사랑 받던 기억, 다시 떠올려도 다시 그리운 사랑의
기억이었습니다.

나를 지켜 주고, 나를 안아주고, 나를 위해 울어주고 내 눈물을 닦아 주었던 사람,

나와 함께 웃고, 나로 인해 웃고, 나로 하여금 웃음 짓게 만든 사람.

비록 대단하지 않더라도 사랑이 느껴지는 따스한 눈빛, 부드러운 손길로..

나를 어루만져주고 긴긴 이야기를 나누어준 사람.

단지 그것만으로도 내 인생의 수십 년을 사랑으로 기억 되는 사람.

평생 저에게 남은 추억은 바로 그런 좋은 사람의 따스한 사랑이었습니다.

평생 행복함으로 기억되는 소중한 추억은 사랑 받던 기억이었습니다.

그리고 평생 아쉬움으로 남는 것은..

깊은 사랑을 준 그 사람에게 정말 고맙다고.. 진심으로 사랑한다고...

당신은 정말 좋은 사람이라고..

내 인생에 남은 행복의 기억은 정말 당신 덕분이라고..

이런 고마움을 제대로 모두 전하지 못한 것이었습니다.

삶은 이렇게 뒤늦은 후회지만...

이제 더 이상 그 마음을 전할 수 없다고 해도 당신에게 말합니다.

덧붙이는 글 : 쓴다는 것, 산다는 것, 사랑한다는 것...

당신 때문에 인생을 알게 되었고,

이런 것이 사랑 받는 것이라는 감정을 알게 되었다고..

세월에 빛바래지는 것이 기억이지만 아무리 그래도 당신의 사랑은 잊혀지지 않는다고..

평생 그 기억을 간직하고 살아간다고..

그런 소중한 기억을 만들어준 당신은 정말 소중한 사람, 고마운 사람이라고..

만일, 당신이 없었다면 난 사랑이 무엇인지 알지 못했으리..

그때 그 고마움을 모두 전하지 못했기에 아쉬움으로 적습니다.

그 누군가에게든 소중한 사람으로 남고 싶다면 보다 더 많이 사랑하라.

결국 가장 위대한 진리는 사랑이다.

그렇게 변치 않는 소중한 가치는 사랑뿐이다.

맞습니다. 사랑이 가장 위대한 이유는..

이 세상 마지막까지 결코 변하지 않는 최고의 가치이기 때문 입니다.

그래서 세상의 많은 위인들이..

사랑의 소중함과 위대함을 가르쳤을 것입니다.

학창시절 배웠던 그 가르침을 이제야 깨닫게 되는 건 아마도..

그만큼 세월이 흐르고, 역사가 변해도 변치 않는 절대 진리이기 때문일 것입니다.

사랑, 그 이상의 진리는 없습니다.
더 행복 하고 싶다면.. 더 소중한 삶을 살고 싶다면.. 지금 그 누군가를.. 그 무엇인가를.. 진실 되게 온 마음으로 사랑해야 합니다.

사랑하는 그 삶은 아름답습니다.
더불어 사랑하는 것만으로도 우리 삶은 행복하게 존재 합니다.
그렇게 사랑은 언제나 우리 삶을 존재하게 합니다.

세상 최고의 진리는 '사랑'입니다.
그 언제나 '사랑'입니다.

덧붙이는 글 : 쓴다는 것, 산다는 것, 사랑한다는 것...